달빛
조각사

달빛 조각사 38

2012년 10월 26일 초판 1쇄 인쇄
2012년 10월 31일 초판 1쇄 발행

지은이 남희성
발행인 이종주

기획 팀 김명국
책임 편집 이세종

발행처 (주)로크미디어
출판등록 2003년 3월 24일
주소 서울시 용산구 원효로97길 46 5층
Tel (02)3273-5135 Fax (02)3273-5134
홈페이지 rokmedia.com · E-mail rokmedia@empal.com

ⓒ 남희성, 2007

값 8,000원

ISBN 978-89-257-2722-6 (38권)
ISBN 978-89-5857-902-1 04810 (세트)

이 책은 (주)로크미디어가 저작권자와의 계약에 따라
발행한 것이므로 본서의 내용을 무단 복제하는 것은
저작권법에 의해 금지되어 있습니다.

작가와의 협의에 의해 인지는 생략합니다.
잘못된 책은 바꾸어 드립니다.

달빛 조각사 38

남희성 게임 판타지 소설

차례

흩어진 부하들   7

하늘로 오르는 탑의 인부   33

집주인의 눈빛   65

북부 사람들   91

대제왕 위드의 유언   119

지상으로 무너지는 탑   177

블랙 드래곤 아우솔레토   221

치매 드래곤   253

드래곤과 흑곰   281

흩어진 부하들

메마른 울부짖는 폐허에서는 몬스터들이 심심치 않게 돌아다녔다. 그렇다고 폭력적이지는 않고, 입가에 침을 줄줄 흘리면서 영혼을 잃어버린 좀비들처럼 멍하니 걸어 다닌다.

'음, 외모로 봐서는 레벨이 300대? 근데 여기는 심상치 않은 기운이 흘러서 그 이상도 될 것 같군.'

위드는 바위 뒤에 숨어서 몬스터들을 분석했다.

고위 몬스터로 갈수록 확연히 드러나는 특징이 있다. 예컨대 피부색이 특별하다거나, 흉측하게 생겼으면서도 왠지 우아한 느낌을 풍긴다거나.

그런데 이곳의 몬스터들은 그냥 단순하게 못생겼다. 어떻게 하면 이렇게 생길 수 있는지 의문이 들 정도로 크고 흉악하다.

 하지만 도처에 흐르는 엠비뉴의 마력 때문인지 그저 평범하기만 한 몬스터 또한 없다. 몸의 비율도 정상적이지 않고, 한쪽 팔이나 머리가 기이하게 크거나 해서 위협적이었다.

 '수준도 그렇게 낮지 않지만 몬스터들의 풍년이로군.'

 기괴한 몬스터들이 껑충껑충 뛰어다녔다.

 끼야아악!

 멀리서 까마귀가 위드를 스쳐서 무너진 장벽을 향해서 날아간다.

 처음 보았을 때에는 비교적 덩치가 크긴 해도 정상적인 까마귀였다. 하지만 곧 독수리처럼 커지더니 털이 숭숭 빠진다. 흡혈박쥐처럼 입안에 송곳니가 돋아나고, 발톱은 낫처럼 길게 자란다.

 장벽에 도달한 순간에는 개와 까마귀가 반반 정도 섞인 특이한 몬스터가 되었다. 그리고 정신을 놓은 듯 주변을 빙글빙글 돌면서 배회하는 것이다.

 '여긴 제법 위험해. 엠비뉴 교단의 총본영이 있기 때문이겠지만… 아무튼 세상에 이런 곳도 흔치는 않겠지.'

 위드는 바위 구석에서 조용히 살피면서 기다렸다.

 느릿느릿 움직이는 몬스터들은 갑자기 멈춰서 주변을 돌아보거나 코를 킁킁거리곤 했다. 따로 엄폐물이 많지 않기에, 들키지 않고 장벽을 넘어가긴 힘들 것 같았다.

'일단 움직이면 대신전으로 가기 위해서 근처에 있는 놈들을 최대한 빠른 시간에 정리를 해야 해. 소란을 보고 몬스터들이 몰려오지 않도록.'

이곳의 몬스터들은 오크, 고블린처럼 누구의 지휘를 받거나 집단행동을 하지는 않는 느낌이다.

하지만 전투가 펼쳐지면 즉시 모여들 것이다. 어둠의 힘에 물들어 버린 마물들은 살아 있는 생물을 보면 본능적으로 적개심을 가질 테니까.

'이동하는 것도 차분히 기회를 노려야겠지. 정찰을 하려면 이동, 은신, 이동, 은신을 반복해야 한다. 부하들이 잘 버틸 수 있을지 모르겠군.'

위드는 이곳의 지형과 분위기부터 파악해 보려고 했다.

퀘스트를 하는 데 열흘이라는 시간이 있지만, 짧을 수도 있고 길 수도 있는 기간이다.

조각술 최후의 비기를 구하는 장대했던 모험에서도 곧 결말에 해당하는 단계!

지금까지 퀘스트를 진행해 오면서 경험한 바도 있듯이, 난이도가 높다 보니 틀림없이 넉넉한 시간은 아닐 것이다. 열흘간 죽어라 고생을 해도 마지막에 불과 몇 분 차이로 실패할 수도 있기에 조바심을 내야만 했다.

마치 공부와 담쌓고 지내다가 시험이 내일로 닥쳐온 학생처럼!

'아무튼 이동한다. 조금 더 높은 곳으로 가서 전체를 봐야돼. 이 부근에서 가장 높은 건… 저 장벽이로군.'

느릿느릿 걸어오는 괴물!

위드는 괴물이 지나가기를 그냥 기다렸다. 그리고 말살의 검을 꺼내 들고 뒤에서 기습을 가했다.

기사들은 정면이 아닌 뒤치기를 하면 명성과 명예가 감소하는 페널티가 있다. 심하면 '뒤를 자주 노리는 기사'와 같은 악명도 붙는다. 하지만 다른 직업들, 근본적으로 기품을 상관하지 않는 전사 계열은 마음껏 뒤를 공격할 수 있었다.

도둑 계열 직업들은 아예 뒤통수나 등을 노리라고 태어난 직업!

―치명적인 일격이 터졌습니다!

쿠엑!

단숨에 사망.

위드의 레벨에 기회를 노려서 뒤치기까지 하였으니 일반 몬스터들이 버텨 낼 리가 만무했다.

캬악!

꽥!

커윽.

짧은 거리를 이동하면서 몬스터들을 처리.

6~8마리가 함께 돌아다니는 놈들은 광역 스킬로 재빨리

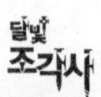

한꺼번에 없애 버렸다.

"뭐지?"

"무… 무슨 소리가 들렸다."

약간의 소란이 일어나면 말을 할 줄 아는 괴물들이 모여들기도 했다.

위드는 그럴 때면 얌전히 그 자리에서 조금 물러나서 10분 이상 숨어 있다가 다시 나왔다. 이곳의 몬스터들은 똑똑하지 않은 데다 활발하지 않고 단순하게 본능에 따라 움직이기만 한다는 점을 알아차린 덕분이었다.

뭔가 시끄럽거나 이상하더라도 모여서 잠깐 두리번거리다가 좀비들처럼 다시 흩어진다. 무너진 장벽과 같은 엄폐물이 있을 때는 일부러 소란을 일으키고 뒤로 돌아서 지나가더라도, 눈에 띄거나 소리가 나지 않는다면 의심하지 않았다.

죽이고 먹으려는 기본적인 본능 외에는 모두 제거된 것처럼.

'반응이 단순해서 최고의 사냥터라고도 할 수 있겠군.'

그러나 위드는 결코 방심하지 않았다.

본능에 의해서만 움직인다는 건 어쩌면 정말 무서운 일이었으니까. 할퀴거나 물어뜯으면서 살기 위한 이유도 잊어버린 채로 그냥 덤벼들기만 할 것이다.

몬스터들과 싸우다가 소란이 점점 커지다 보면 이 주변 일대 전체의 적과 싸움을 해야 한다. 그러다 보면 엠비뉴의 대신전에서 공격대가 나오지 말란 법도 없지 않은가.

지형도 파악하지 못한 채로 대신전에서 튀어나온 기사단 같은 것들과 싸우게 된다면 상황이 매우 안 좋게 될 것이다.

'더 나쁜 경우도 생각해야 돼.'

그 어떤 상황에서도 전투를 두려워하진 않는 위드였지만 아직 본격적으로 싸울 때는 아니라는 생각만은 확실했다.

목표는 이 주변의 몬스터들이 아니었으니까 말이다.

'그래도 인생 전반에 걸쳐 눈치를 보는 데에는 익숙하니까!'

그렇게 한참을 신중하게 움직인 끝에 이윽고 목표인 장벽에 도착해서 절반쯤 무너진 계단을 올라갈 수 있었다.

-알 수 없는 장벽에 도착하였습니다.
누가 세운 것인지, 언제 만들어졌는지도 확인이 불가능한 장벽에는 음습한 기운이 감돌고 있습니다.
생명력을 소진시켜서 강제로 몬스터화하게 됩니다.
생명력이 50,000 이하라면 즉시 몬스터로 변하게 될 것입니다.
침침한 느낌으로 신체의 활동력이 23% 감소합니다.
체력이 절반 이하로 낮아졌을 때 생명력의 피해를 입을 수 있습니다.

예상하지 못한 페널티!

"으음, 이런 건 안 좋은데. 그리고 지형마저도 최악이야."

장벽에 오른 위드의 입에서 절로 신음 소리가 튀어나왔다.

메마른 울부짖는 폐허에만 몬스터들이 많은 것이 아니었다. 엠비뉴의 대신전이 있는 방향을 살피니, 시체들이 둥둥 떠다니는 시커멓게 썩은 강이 흐르고 강가에는 몬스터 떼가 우글거렸다. 마치 달짝지근한 꿀물을 보고 모여드는 개미 떼처럼 시커먼 강물을 끊임없이 마시고 있었다.

강을 따라서 수만, 수십만의 몬스터들이 있는 것 같았다.

몬스터들의 대박람회, 종족 전시회라 이름 붙일 만한 곳 중에서도 이곳이 단연 최고의 자리를 차지하리라. 이곳만큼 다양한 종류의 몬스터들이 잔뜩 몰려 있는 장소는 대륙 전체를 찾아보더라도 없을 테니까.

대신전으로 가려면 반드시 썩은 강을 지나야 하는데 하늘을 날아서 통과할 수도 없다. 독 안개가 짙게 퍼져 있기 때문이다.

하늘을 나는 몬스터들이 강을 건너려다가 독 안개에 닿아 그대로 녹아내리면서 강물로 떨어지는 광경이 적나라하게 보였다.

이러한 장애물을 넘어서 엠비뉴의 대신전 근방에 도착하더라도 절망을 일으키는 성벽이 또 문제였다.

모래 언덕을 따라 지어서, 그 어떤 요새보다도 성벽이 높은 편이다. 바위만 쌓은 게 아니라 굵은 강철 줄을 연결하여, 청동 거인들의 돌덩어리 공격에도 끄떡하지 않을 정도로 두껍고 단단해 보인다.

반인반수의 마물들이 감시탑에서 경계를 하고 있었고, 또한 짓고 있는 탑도 문제다.

거의 하늘 끝까지 닿을 것만 같은 탑에는 계단을 따라서 병력이 배치되어 있었다.

저런 삼엄한 감시망을 뚫고 어떻게 대신전에 침입할 수 있겠는가.

대신전은 엠비뉴의 군대의 특별한 몬스터와 괴물을 만들어 내는 생산 기지이기도 했다. 눈에 보이지는 않지만 내부에는 괴물들의 훈련장이 작동되고 있었다. 그렇기에 발각되는 순간 벌집을 건드린 것처럼 몬스터들이 끝도 없이 덤벼들게 뻔하다.

"차라리 한국은행에 가서 보관되어 있다는 금괴를 털어 오는 편이 더 빠르겠군."

그만큼 절망감이 느껴질 정도였다.

자신은 일개 개인에 불과한데 적들은 하나의 국가로 보아도 될 만큼 규모가 방대하다.

"로또에 연속으로 세 번 정도 당첨된다면 돈 걱정은 할 필요가 없을 텐데."

도대체 어떤 상식적인 수단과 방법을 떠올릴 수조차 없는 상태!

위드가 인간 중에서 가장 강하다고 하더라도, 그 한계도 많이 겪어 봤다.

저주에 약한 데다, 휴식도 없이 긴 시간을 싸울 수는 없다. 엠비뉴의 총본영이자 대신전인 이곳에서 힘을 자랑한다면 목숨이 남아나진 못하리라.

그리고 적들에게는 궁극의 무기라고 부르기에 충분한 혼

돈의 드래곤이 있다.

아우솔레토는 다른 드래곤들도 상대하기를 꺼릴 만큼 특별히 강하고 위험하다고 한다.

'차분해져야 돼. 어떻게든 방법은 있어. 그리고 열흘. 빠듯하지만 이 시간을 정말 잘 이용해야 되겠지. 의지할 건 그 정도밖에 없으니까.'

위드는 대신전이 있는 방향이 아닌 주변도 살펴보았다.

장벽은 좌우로 끝을 모르게 계속 이어져 있었다. 어디까지 이어져 있는지 호기심이 들기도 하였지만, 어쨌든 대신전을 파괴하기 위한 목적을 달성하려면 장벽을 계속 따라가는 건 그다지 의미가 없을 것이다.

중간중간 무너진 곳들이 많아서 몬스터들이 드나들기에 발각될 염려도 높았다.

위드가 왔던 뒤쪽으로는 붉은 황무지가 계속 이어졌다. 황무지를 지나면 아마 인간들이 사는 왕국이 나타날 것이다.

'여기의 정확한 위치는… 대충 태양과 달의 위치를 보니 아무래도 잃어버린 길의 황무지 너머겠군.'

중앙 대륙과 서부 대륙이 연결되는 중간에 붉은 황무지가 있다. 모험가들에게는 잃어버린 길의 황무지라고도 불리는데, 여기는 정말 거대한 미로다.

사전에 길을 충분히 숙지하고 들어가지 않으면 끝없이 헤매다가 죽음을 맞이한다는 장소.

전설의 검이 묻혀 있다거나 절세의 갑옷, 어마어마한 재물이 있다는 소문에 혹해서 들어간 많은 모험가들이 목숨을 잃은 장소였다.
 당연하게도 10대 금역 중의 하나였는데, 여기는 그 황무지도 넘어선 지역이 아닌가.
 "으음, 안 돼. 여기서 끝낼 수는 없어."
 위드는 지금의 명성도 지키고 모험도 방송국에 계속 중계하기 위해서 퀘스트는 가능하면 성공시키고 싶었다.
 천문학적인 광고 수입!
 모험과 사냥으로 얻은 아이템을 팔아서 버는 돈도 있지만 방송국들이 안겨 주는 숫자 개수는 다른 출연료에 비할 바가 아니다.
 눈먼 돈이 따로 있겠는가.
 위드도 부유하고 넉넉한 생활에 익숙해지다 보니 배고프던 과거는 이제 떠올리고 싶지 않았다. 최근 버는 돈이 많다 보니 호의호식, 사치가 몸에 배어 버린 것이다.
 "더 이상 과거의 내가 아니야. 돈도 써 본 사람이 쓸 줄 안다고, 지출도 많이 커져 버렸어."
 밥 한 숟가락 뜰 때마다 햄을 나눠 먹지도 않고 한 조각씩 통째로 먹으니 이제는 누가 봐도 중산층이었다.
 머리를 감을 때에도 보일러를 틀어서 따뜻한 물을 쓰고 시장에서 제철 과일까지 사다 먹으니, 사치스럽다는 비판을 들

어도 할 말이 없는 상황이었던 것이다.

열흘이란 시간은 길기도 하고 짧기도 하다.
위드는 몬스터들이 시커멓게 썩은 강까지 시장 통처럼 뒤덮고 있는 메마른 울부짖는 폐허에서 무너진 장벽을 끼고 1시간 정도를 보냈다.
조용히 궁리를 하고 있는 셈!
"방법을 찾아야 해."
바글바글한 몬스터들을 뛰어넘어 엠비뉴의 대신전으로 들어가서 하늘로 오르는 탑을 파괴하고 혼돈의 드래곤을 없앨 수 있는 방법.
"내 머리로 할 수 있을까. 어떤 묘수가 떠오를 것 같기도 한데. 으음, 콜 데스 나이트 반 호크!"

-심상치 않은 기운이 소환을 막고 있습니다.
어비스 나이트로 승격된 반 호크는 원래의 세상으로 돌아갔습니다.

이미 위드의 공식 노예라고 부를 수 있는 반 호크와 토리도까지 원래의 시간대로 돌아가 버리고 말았다.
"쓸모 있는 놈이 사라져 버리고 말았군."
그렇다면 부득이하게 주변을 탐색하여 부하들과 아헬른이

라도 빨리 찾아야 한다.

"몬스터들을 따라다녀야겠군. 굳이 놈들을 계속 죽이며 이동할 필요는 없지."

위드는 위장을 위해서 조각 변신술을 쓰기로 했다.

깡! 깡! 깡!

벽에다 주변의 비슷비슷하게 생긴 몬스터를 조각했다.

두 눈 가운데 오른쪽 눈만 유별나게 크고, 턱은 앞으로 길쭉하게 뻗어서 휘어져 있다. 빠른 속도를 위하여 다리는 네 발로 뛸 수 있도록 했으며, 뒷다리의 근육은 특별하게 발달시켰다.

유사시에는 그대로 달려서 도망쳐야 했으므로.

귀는 주변의 소리들을 놓치지 않고 들을 수 있도록 넓고 크게, 수염투성이에 입은 작게 만들었다.

비루먹은 망아지를 완성하셨습니다.
볼품없고 대충 만들어진 망아지입니다.
불행을 이끌고 다닐 이 망아지는 아무도 원하지 않아서 한편으로는 자유로울 수 있을 것입니다.
시간과 공간을 여행하며 모험을 즐기는 조각사에 의해서 만들어짐.
예술적 가치 : 30.
　　　　　이 작품이 부서지지 않고 계속 간직된다면 엄청난 역사적 가치가 부여될 것입니다.
특수 옵션 : 5초 이상 이 조각품을 쳐다보면 행운을 65 감소시킵니다.

-조각술 스킬의 숙련도가 증가합니다.

-손재주 스킬의 숙련도가 증가합니다.

 무지막지한 특수 효과를 가진 조각품!
 식량을 먹어 본 지 일주일은 된 것처럼 굶주려서 깡마른 체형은 다른 몬스터들의 이목을 최대한 끌지 않도록 해 주리라.
 위드 스스로 조각을 하면서도 도대체 이게 무슨 해괴한 모습인지를 알 수 없는 지경이었지만, 이 주변에 있는 몬스터들이 모두 이 모양이었으므로 유행을 따랐다.
 "시간만 넉넉하게 있었으면 조각술을 완전히 마스터하고 모험을 할 텐데. 하긴 헤르메스 길드가 그러도록 가만 놔두지도 않겠지. 역시 인생은 조금만 먹고살 만하면 온갖 날파리들이 꼬여드는 법이니까. 조각 변신술!"

-조각 변신술을 사용합니다.
 조각술에 대한 무한한 애정은 그 조각품과 조각사를 서로 닮게 만든다!

 태양의 전사이며 사막의 대제로서, 몸 자체가 아름답다고 해도 좋을 만큼 건장한 육체미를 자랑한다.
 말살의 불도마뱀 왕까지 잡아 최상의 장비들을 착용하고 있어서 사람들의 선망을 받을 만한 외모가, 급격하게 비루먹은 망아지로 바뀌었다.

형태가 이상해진 만큼 전투력도 거의 발휘할 수 없는 모양이 되었다.

공격 수단 중에서 항상 치명적인 일격이 터지는 것은 뒷발차기 정도!

위드는 망아지처럼 입술을 우물거렸다.

'음, 나름 괜찮군. 괜히 당근이 먹고 싶어지는데. 쌍봉이의 마음을 이해하겠어.'

비루먹은 망아지가 되어서 계단을 또각거리면서 방벽을 슬그머니 내려왔다.

크흥!

몬스터들이 그를 한번 힐끗 보았지만 자신들과 비슷한 종류라고 여겼는지 다시 고개를 돌렸다.

'우리도 우리지만 정말 저 외모는 아니다.'

'내 앞으로 가까이 오지 않았으면 좋겠군.'

위드는 천연덕스럽게 고개를 꼿꼿하게 들고 방벽을 따라 걸었다.

전이.

사막에서 위드에 의해 생명력이 부여되고 오직 전투를 위해서 살아온 그의 자부심은 남달랐다.

막 태어났을 때에는 안전을 위협하는 무서운 적들이 많았지만 나중에는 전부 평정하였다.

사막의 대제 위드를 따라다니면서 쌓은 용맹의 기록들만 수십 장!

그는 엠비뉴 교단을 무찌르기 위하여 메마른 울부짖는 폐허로 오고 나서도 자신감이 있었다.

'놈들을 전부 죽여서 대제께 인정을 받고 싶다.'

호위대를 통솔할 만큼, 충성심으로는 어느 부하들에게도 뒤지지 않았다.

혼자 이곳에 떨어졌지만 전이는 굴하지 않고 당당하게 시미터를 들고 적들을 노려봤다.

"모두 덤벼라!"

쿠릉?

"나 전이가 전부 죽여 주겠다."

굳이 일부러 소란을 떨어 몬스터들의 이목을 끄는 행동을 서슴지 않고 했다.

크릉. 크르르르릉!

그 결과는 수백 마리나 되는 몬스터들의 집중 공격!

전이는 영예로운 사막 전사답게 몬스터들이 덤비는 족족 그 자리에서 해치웠다.

도끼와 창을 오른손과 왼손에 들고 몬스터들을 일격, 혹은 연속 타격으로 해치우는 그의 모습은 대단하기 짝이 없었다.

흩어진 부하들 **23**

그러나 점점 소란이 커지고 시끄러워지자 부근의 몬스터들이 전부 모여들기 시작했다.

―뿔에 가슴이 강타당했습니다.
생명력이 감소합니다.
마비 효과가 발생하려고 하였지만 극복해 냅니다.

―어깨를 물렸습니다.
공격 속도가 저하됩니다.

꼬리를 물고 덤비는 몬스터들의 집단 공격.

제아무리 강철 같은 체력을 자랑하는 전이라도 몇 시간을 싸우니 점점 지치고 생명력도 감소했다.

독을 내뱉고, 자신의 몸을 터트려서 공격하는 몬스터들.

혼자서 수천 명의 병사들을 물리칠 수 있지만 이곳의 몬스터들은 지독한 면이 있었다.

압도적으로 강한 실력을 보이면 인간의 경우에는 투지가 꺾여서 덤비지 못하는 법인데 몬스터들은 그런 생각 자체를 못 했다. 침을 뱉고, 독을 발사했다.

끊임없이 달려와서 아비규환에 가까운 공격을 해 올 뿐만 아니라, 장벽 너머의 몬스터들까지 밖으로 뭉쳐서 나왔다.

장벽 너머 썩은 강물을 마신 몬스터들은 레벨이 400이 넘기도 하였으며, 5~6마리가 하나처럼 생명력을 공유했다.

어떤 몬스터들은 주변의 다른 몬스터를 잡아먹고 순식간

에 체형을 키우면서 더 강해졌다.

"싸우다가 죽는 것은 전사의 최후로서 아주 기꺼운 일이다."

웬만하면 도망을 갈 법도 하지만 전이는 고집스럽게 그 자리에서 버텼다.

수천의 적들을 상대로 상처투성이가 되어서도 싸우는 투혼!

죽어 가는 전이를 먹잇감으로 삼기 위하여 몬스터들은 갈수록 많이 몰려들고 있었다.

"아쉬…움은 없다. 그러나 대제를 뵙지 못하고 죽게 되다니……."

전이의 생명력이 10% 정도밖에 남지 않았을 때였다. 저 멀리에서 비루먹은 망아지가 전속력을 다하여 달려왔다.

몬스터들이 뭉쳐 있는 것을 보고 위드는 부하 중의 누군가가 위기에 빠져 있는 것을 알았다.

'이런 한심한 놈! 니들이 그러면 그렇지. 난 너희를 조각하고 나서도 절대 미역국을 먹지 않았다.'

푸히히히힝!

망아지의 달리는 속도는 믿을 수 없을 만큼 빨랐다.

위드의 스탯이 전부 질주형으로 바뀌어 있었기에 육상에서 달리기 능력 하나만큼은 절대적이라고 할 수 있었다.

몬스터들의 무리가 있는 곳까지 다가와서는 공중으로 풀쩍 뛰어오르더니 놈들의 머리를 지지대 삼아 밟아 가면서 이동했다.

 앞발과 뒷발로 머리를 박찰 때마다 수십 미터씩 앞으로 쑥쑥 이동하는 망아지.

 "크르르르르, 어딜… 가느냐."

 갑자기 거대한 몬스터가 정면을 막으면 앞발과 뒷발을 수평으로 펼치며 날렵하게 도약해서 넘어갔다.

 "아직… 싸울… 힘이 남…았다."

 위드는 전이에게 바로 다가갔다.

 몇 시간에 걸친 전투로 전이의 몸은 상처투성이였고, 칼도 내구력이 다해서 휘어졌다. 조금만 더 싸우면 칼이 깨져 버릴 수도 있는 단계였다.

 전이는 무시할 수 없는 대단한 전사이다 보니 육체보다도 무기가 먼저 버텨 내지를 못한 것.

 위드를 보자 전이는 반가워하는 대신에 푸념부터 했다.

 "여기는 정말 온갖 불행이 모여 있는 장소로군. 이런 못생긴 망아지까지 몬스터가 되었다니!"

 푸흐흥!

 "어? 나를 보는 이 썩은 표정은 무척이나 익숙한데… 설마 대제님이십니까?"

 위드는 전이를 등에 태웠다.

 잠깐 둘러보니 몬스터들은 빼곡하게 사방을 에워싸고 있었다.

적들이 빈 곳이 없는 때에 탈출로를 찾기란 불가능에 가깝다. 지금 함께 있는 둘이 위드와 전이가 아니라면 아마 여기에 뼈를 묻어야 할 것이 틀림없다.

위드는 야생마처럼 제자리에서 뒷발로 땅을 고르며 콧김을 뿜어냈다.

'이 부족한 몸을 믿어야 되겠군.'

파바박!

땅을 차며 일직선으로 돌파!

몬스터들 사이를 억지로 헤집고 들어가서 공중으로 뛰었다.

월등한 민첩성으로, 공중에 투명한 계단이 있는 것처럼 박차는 4단, 5단 뛰기!

날개 달린 말처럼 비상한 위드는 전이를 태운 채로 몬스터들의 어깨와 머리를 밟고 이동했다.

몬스터들의 포위망을 단숨에 벗어나서는 그대로 정면을 향해서 내달렸다.

"쫓…아라."

"먹잇감을 놓치지 말자."

몬스터들이 계속 뒤쫓아 왔다.

갑자기 몬스터들로 구성된 장거리 마라톤이 벌어진 것과도 같은 느낌!

위드는 귀를 쫑긋 세운 채로 장벽을 따라 달렸다.

어디로 가더라도 계속 몬스터들이 나타나서 앞을 가로막

고 공격해 왔다. 또한 한참 뒤에서 추격해 오는 몬스터들도 어지간해서는 포기하지 않을 듯한 느낌이다.

 메마른 울부짖는 폐허에서 크고 작은 수많은 몬스터들을 만나고 피하고 이끌면서 달려 나간다.

 4분 정도를 꼬박 달리자 장벽 아래에 푹 들어가 있는 구덩이가 하나 발견되었다.

 '여기로군.'

 위드는 전이를 태운 채로 구덩이 안으로 들어갔다.

 잠시 후 지성을 갖지 않은 몬스터들은 쭉 해 온 것처럼 그들을 스쳐 지나갔다. 본능에 따라서 하염없이 앞으로 달리다가 다시 두리번거렸다.

 "우…리가 왜 여기에 있지?"

 "모른…다."

 "뭔가… 있었…던 것 같…기도 한데."

 "배…가 고프…다."

 몬스터들은 다시 의욕을 잃어버리고 좀비처럼 흐느적거리면서 주변을 돌아다니기 시작했다.

 위드는 이곳 몬스터들의 특성을 완벽하게 파악할 수 있었다.

 '둔하군, 둔해. 그래도 위험하고.'

 몬스터들의 레벨은 일반 유저들에게는 부담이 될 정도로 높다. 왕국을 지배하던 명문 길드가 전력을 이끌고 와도 여기를 토벌하기에는 무리 아니겠는가.

 헤르메스 길드가 온다고 하더라도 여러모로 힘든 구석이 있다. 위드도 현재의 몸이 아니라면 몇십몇백 마리를 우습게 해치우진 못할 것이다.

 그리고 몬스터들의 생명력은 낮은 편이지만 목숨을 도외시하는 공격 방식과 비정상적인 신체 때문에 항상 방심하면 안 될 정도였다.

 '뭐, 그렇더라도 어떻게든 죽진 않겠어.'

 몬스터들과 싸움이 벌어지더라도 도망칠 수 있다는 자신이 위드에게는 있었다.

 썩은 강의 몬스터 무리가 통째로 움직이거나, 대신전에서 기사단과 사제들이 나와서 저주를 건다면 상황이 복잡해지기는 할 것이다. 그렇더라도 지금까지 쌓아 온 무력과, 가끔 상상 이상의 능력을 발휘하는 재빠른 눈치 덕분에 쉽게 목숨이 위험해지진 않는다.

 하지만 전이처럼 고지식하게 싸운다면 몬스터들의 한입거리로 전락하고 말리라.

 위드는 망아지처럼 입을 오물거리면서 말했다.

 "이런 무능한 놈! 네 목숨이 너의 것이더냐. 쓸데없이 고집을 피워서 죽어 버린다면 나는 어디서 부하를 구해야 한단 말이냐!"

 "죄송합니다, 대제."

"그나저나 앞으로의 일이 깜깜하구나. 네놈이 그런 상황에 처해 있었다면 다른 놈들도 크게 다르지는 않을 텐데."

 위드가 던전과 사냥터를 오가면서 막 부려 먹은 덕에 조각 생명체 부하들은 기본적으로 용맹하고 물러서지 않는 성격을 가졌다.

 다재다능한 능력을 가지고 자기 몸 하나 정도는 알아서 챙길 수 있는 자하브, 능력의 한계를 짐작하기 힘든 아헬른 그리고 슬슬 죽을 때도 되었다고 생각하는 헤스티거를 제외하면 꽤나 암울한 상황이 아닌가.

 노인들이 다 큰 자식들을 믿지 못하고 노후를 걱정하며 사는 이유를 알 것 같았다.

 '이놈을 찾은 이상, 계속 등에 태우고 다닐 수도 없는 노릇이고.'

 망아지가 된 위드는 몬스터들이 거의 신경을 쓰지 않는다. 가까이 접근하면 냄새를 맡아 보고 썩은 냄새가 나지 않아서 의아해하기는 했어도, 30미터쯤 멀어지고 나면 다시 멍하니 할 일을 했다. 몬스터들이 많이 배회하고 있어도 크게 눈에 띄지만 않는다면 편하게 얼마든 돌아다닐 수가 있는 것이다.

 하지만 살아 있는 인간 전사인 전이를 등에 태운다면 그들을 노린 몬스터들의 습격이 재개되리라.

 '이렇게 많이 돌아다녔는데도 1명밖에 발견하지 못했군. 다른 부하들을 일일이 모두 찾을 수는 없겠어.'

위드는 그래도 포기는 하지 않고, 전이에게 구덩이 속에서 휴식을 취하도록 한 후에 밤까지 수색을 했다.

해가 저물도록 지치도록 달렸음에도 다른 부하들은 찾지 못했다. 몬스터 무리가 싸운 흔적이 조금 남아 있기도 했지만 부하들이 있었는지 확신할 수는 없었다.

시간이 촉박한데 장벽 전체를 뒤질 수도 없고, 이러는 사이에 이미 썩은 강을 지나갔을 수도 있었다.

'부하들의 운명이라고 해야 될 거야.'

부하들도 스스로 대신전으로 모이기만을 기대해 보는 수밖에!

막상 전이조차도 찾아 놓고 나니 그 후에 둘이서 어떻게 해야 할지 알 수 없었다. 전이와 단둘이서 썩은 강의 몬스터를 뚫고 엠비뉴의 대신전으로 침입할 수도 없는 노릇이었다.

"음, 그래도 이게 있었지!"

위드는 품에서 시간의 모래를 꺼냈다.

노들레가 했던 모험을 본다면 그것을 따라 좋은 공략법을 얻을 수도 있으리라.

진작 이 생각을 하지 않았던 건 아니지만, 아끼고 또 아끼느라 쓰지 못했다.

"이런 시기를 위하여 남겨 놓았지. 역시 인생은 꿍쳐 놓으면 나중에 다 쓰게 되는 거라니까. 시간의 모래 사용!"

위드의 손에서 시간의 모래가 흘러내리며 은은하게 빛

났다.

> **시간의 모래**
> 시간의 모래, 혹은 회상의 모래라고도 불리는 신비한 물건이다.
> 대륙 남부 사막 부족의 보물로서, 시간을 되돌려 오래전에 있었던 모습들을 보여 준다.
> 원래 살던 시간대로 돌아가서 물건이나 사람을 데려올 수 있다.
> 소유하고 있는 것만으로도 과거의 시간과 엮이기도 함.

띠링!

-시간의 모래가 사악한 마력에 의해 잠식되어 사용되지 않습니다.
 시간의 모래가 쓸모없어졌습니다. 영구히 사라지게 됩니다.

하늘로 오르는 탑의 인부

"커헉!"

아껴 두었던 비장의 카드가 사용 불가능!

과연 세상에 믿을 것은 하나도 없었다.

위드의 머릿속이 다급하게 굴러갔다.

'어떻게 해야 하지? 퀘스트 진행 방식을 파악하기 위해서는 노들레와 함께 있었던 아헬른을 찾으면 좋을 테지만, 오늘처럼 어디 있는지 헤매고 다니느라 시간을 다 보낼 수도 없는 노릇이고.'

한숨도 푹푹 나왔다.

노들레와는 이미 퀘스트가 달라졌다.

당시 노들레와 함께 이곳으로 온 동료들의 구성도 완전히 바뀌었으니 상황이 반복될 리가 만무하다. 아헬른은 비슷한 역할을 다시 수행하더라도 각자 다른 이들이 어떤 행동과 능력을 발휘하게 될지는 알 수 없는 일.

위드만 하더라도 노들레가 아니었다.

설혹 그가 했던 일들을 본다고 하더라도 반드시 그대로 할 필요도 의무도 느끼지 못했고, 그저 참고삼아 나름의 방법을 찾아내고자 했을 뿐!

"사람은 닥치면 다 하게 되어 있어. 믿을 건 그것뿐이군."

평생 누군가가 도와주거나 이끌어 주는 손길에 따라 살지는 못했다. 그렇다면 이번 퀘스트도 위드의 방식대로 스스로 길을 개척할 수밖에 없는 노릇.

위드는 깊은 한숨을 내쉬었다.

결국 열흘이란 기간을 어떻게 보내야 하는가에 달려 있었다.

중앙 대륙을 일통한 하벤 제국.

그들이 자랑하는 7개의 군단이 북부로 들어서는 관문인 포르우스 강을 넘었다.

무려 210만의 대군!

말과 마차, 보급을 위한 상인들까지 있어서, 뒤따르는 규모 역시 끝을 알 수 없을 정도로 어마어마했다.

자신들이 속해 있는 길드와 제국의 힘이 이 정도라는 생각에 헤르메스 길드의 유저들은 발걸음조차 가벼웠다.

"북부 놈들은 붙잡아서 목을 비틀어 주면 되겠군."

"빨리 싸워 봤으면 좋겠는데? 감히 덤빌 수 있을지 모르겠지만 말이야."

7개의 군단이 뭉쳐서 이동하는 위세가 너무나도 대단해서 전투를 건다는 것이 도무지 의미가 있을 것 같지 않았다.

전쟁을 앞둔 긴장감보다는 적당한 즐거움.

대륙 최대의 전력으로 북부를 쓸어버리면 될 뿐이었다.

원정에 나섰음에도 병사들에게 지급되는 음식들도 산해진미가 따로 없었다. 유저들이야 그렇다 치더라도 NPC 병사들에 대한 대우도 훌륭하다.

거듭된 정복 전쟁으로 하벤 제국의 병사들 중에는 숙련병, 엘리트 병사가 높은 비중을 차지했다.

"다른 5개의 군단들도 북부 대륙을 눈앞에 둔 지점에 도착했다는 소식입니다."

"그러면 슬슬 진군을 해 봅시다."

군단장들은 라페이가 세운 작전 계획대로 군대를 진격시켰다.

7개의 군단이 먼저 북부로 진입하여 정면에서 압박한다. 북부의 눈과 귀가 그들에게 쏠렸을 때에 5개의 군단이 우회 침략하여 맡은바 임무를 진행한다.

　7개의 군단은 북부를 쪼개는 창이 될 것이고, 다른 5개의 군단은 망치와 칼이 되어 산산이 부수고 갈기갈기 찢어 놓을 것이다.

　　　　　　　　　　✦

　웅성웅성.
　모라타의 빙룡 광장!
　평소에도 초보 유저들로 북적이는 장소였다.
　아르펜 왕국에서 로열 로드를 시작하여 한창 신기해서 상점과 거리를 뛰어다니는 초보자들을 늘 볼 수 있는 곳.
　"이 과일 얼마예요?"
　"2쿠퍼에 팔고 있습니다."
　"우와, 비싸다! 나중에 돈 벌어서 꼭 사 먹으러 올게요."
　세상 물정을 모르는 초보 유저들을 보면서, 어느덧 성장한 모라타 출신 유저들은 감회가 새로웠다.
　'나도 저랬던 때가 있었지.'
　토끼만 보면 가죽과 고기를 얻을 수 있겠다는 생각에 반가웠고, 숲에서 만난 고블린이 무서워서 나무를 타고 올라가 숨소리도 내지 못하고 숨어 있던 시절.
　로열 로드를 하면서 누구나 겪었던 초보 시기는 그 이후에는 향수처럼 다가왔다.

 아르펜 왕국은 어느 마을이나 새로 시작한 초보자들로 붐비면서 생동감이 돌았다. 산골 마을에도, 불편한 점은 많지만 비싸게 팔리는 약초를 운 좋게 구할 수도 있고 가죽을 가지고 도시로 내려와서 팔면 약간의 생활비를 벌 수도 있기에 유저들이 붐볐다.

 신생 왕국으로 유저들도 초보들이 많은 만큼 활력과 모험심이 넘쳐서 적극적으로 북부를 개척한다.

 농부들도 안정된 도시 주변보다는 넓은 땅을 얻기 위하여 몬스터들의 영역으로 들어가고, 바드들은 모험에 대한 이야기를 짓기 위해서 미지의 영역으로 발을 내디뎠다.

 모라타가 발전하면서 왕국의 주민들 또한 북부 전역에서 모여들고, 출생률도 높아져 어린아이들이 많이 태어났다.

 이들이 추후 북부를 융성하게 만들 수 있는 주춧돌이 되리라 누구도 믿어 의심치 않았다. 중앙 대륙의 발전도를 쉽게 따라잡긴 어렵더라도 북부 고유의 문화와 경제, 생산력을 발전시킬 수가 있는 것이다.

 아직도 쓰지 못하는 땅이 광대하게 펼쳐져 있고, 모험하지 못한 지역, 전설이 많다 보니 발전 가능성은 무궁무진!

 그렇게 평소에는 상거래와 모험에 대한 이야기를 나누던 광장이 오늘은 중무장을 한 유저들로 꽉 들어찼다.

 "우리의 집과 땅 그리고 자유를 지키기 위하여 싸웁시다!"

"놈들에게 짓밟힐 수는 없어요. 싸워서 격퇴해야 합니다. 설혹 죽더라도, 끝까지 투쟁합시다."

"아르펜 왕국은 우리 자신이나 다름없습니다. 일어나야 합니다. 일어나지 않으면 평생을 기어 다니면서 살아야 됩니다. 이 세상을 그렇게 만들고 싶습니까!"

북부의 토박이 유저들은 하벤 제국에 대한 거부감으로 들끓었다.

중앙 대륙이 명문 길드 대 명문 길드의 싸움으로 국한되었다면, 하벤 제국의 침공은 북부 유저들 스스로가 들고일어나게 만들었다. 이유야 수없이 많았지만, 가장 중요한 것은 북부에는 유저들의 피와 땀이 배어 있기 때문이리라.

어느 정도 레벨이 있는 이들은 시골 마을 수준이던 모라타와 함께 성장을 해 왔고, 그 이후에 시작한 이들은 북부 개척 시기를 살았다. 최근에 로열 로드에 접속한 유저라고 하더라도 북부 유저라는 자부심을 갖고 살아갔다.

"세상 사람들은 우리가 1쿠퍼도 아끼면서 사는 빈민들이라고 놀릴지 모르지만, 북부만큼 발전 가능성이 높은 곳도 없지 않겠어? 하벤 제국이 침략하더라도 여길 떠난다는 건 미련한 짓이야."

"중앙 대륙은 벌써 끝났고, 다른 왕국에서 세금을 왕창 뜯기면서 살아가느니 좀 위험하더라도 북부를 돌아다니는 편이 낫지. 여긴 낙후되었더라도 금방 발전해 버려서 사는 맛

도 있고."

모라타는 아르펜 왕국의 수도는 아니지만 교통의 요지이고 중심이 되는 대도시였다. 북부 유저들은 하벤 제국의 침공 소식을 듣고 계속 모여들고 있었다.

물론 국왕 위드는 아직 가 본 적도 없지만 어느새 수도 역할을 하고 있는 대지의 궁전에도 유저들은 바글거렸다.

아르펜 왕국의 크고 작은 마을, 도시, 성채마다 하벤 제국과 싸우자는 유저들의 결집으로 붐비고 있었다.

"왔습니다. 슬론 님 어디 계세요?"

"워리어 하슬러 파티가 전투에 함께할 사람 구합니다. 레벨 350의 워리어와 전쟁에 참여하실 분 오세요!"

"어엇, 혹시 저랑 1년 전에 같이 박쥐 동굴 파티를 하신 적이 있지 않나요? 밴디트 갑옷 풀 세트라니! 그동안 레벨 많이 올리셨군요."

"하핫, 별말씀을요. 그냥 사냥터에서 먹고살았죠."

도시 여기저기에서, 오랜만에 만난 유저들끼리의 반가운 해후도 이루어졌다.

모라타를 중심으로 북부 전체로 퍼져 나간 모험가들의 만남과 정보 공유도 이루어졌다.

"뼈다귀는 살점이 조금 붙은 것이 좋습니다."

"반쯤 썩은 것이 특등품이죠. 손으로 약간만 힘을 주면 뚝 부러질 정도로요."

"하지만 잘 썩은 뼈는 구하기가 어려워서……."

"쟌 님은 요즘 해골 궁수 소환 스킬을 고급 6레벨까지 익히셨을 거라고 하던데."

"후후후, 얼마 전에 고급 8레벨이 되었습니다."

"오오, 사냥터에 가시면 해골 궁수 200마리씩을 데리고 휩쓸어 버리시겠네요!"

"강화 부패 좀비 셋으로 호위를 시키고, 해골 궁수 200마리로 공격을 하죠. 근데 데스 나이트 전문 소환 스킬은 아직 좀 낮은 편입니다. 오템 님이 이 부분에서는 가장 앞서 나가시는 것 아닌가요?"

"저야 데스 나이트를 워낙 좋아해서요."

쟌, 헤리안, 오템!

네크로맨서들도 오랜만에 회합을 가졌다.

그들은 직업 특성상 유저들이 많은 곳에서는 사냥을 하기가 어렵다.

언데드 부대를 소환해서 끌고 다니다 보면 다른 유저들의 사냥에 본의 아니게 민폐를 끼치는 경우가 자주 생긴다. 언데드들은 살아 있는 생명체라면 무조건 공격을 하는 편이라서, 아차 하는 사이 남들이 사냥 중인 몬스터들을 가로채는 경우가 비일비재하게 발생했다.

그 정도야 고의가 아니라면 일반 유저들도 어느 정도는 이해를 하고 넘어간다. 언데드 부대와 함께 사냥을 하게 되면 일반 유저들 입장에서는 방어에 신경 쓸 것 없이 공격만 해도 되니 편한 점도 분명히 있었다.

하지만 네크로맨서들은 마법사이면서도 소환 계열이 주 특성인 탓에 재료 수집이 필수!

시체들을 뒤적거리거나 무덤을 파헤쳐야 하다 보니 괜히 다른 유저들의 눈을 의식하지 않을 수가 없었다.

"어라, 여긴 좋은 시체가 있을 것 같네?"

네크로맨서에게는 필수라고 할 수 있는 도굴! 그러나 삽자루를 들고 무덤을 파다가 다른 유저들과 마주쳤을 때의 그 민망함이란…….

마력을 향상시켜 주는 해골 어깨 보호대로 물을 떠 마시는 모습에 놀라 쳐다보는 사람들의 시선도 마냥 무시할 수는 없었다.

아무리 레벨이 높은 네크로맨서가 되더라도 이런 점만큼은 극복할 수 없는 문제라서, 북부에서도 인적이 뜸한 곳을 위주로 다녔다.

"네크로맨서들은 갈비를 씹지 않고 되살려서 언데드로 만들어 뜯어먹는다더군."

"그놈들은 흉가에서 살고, 데이트도 무덤 근처로 간다는 소문이 있어."

사람들의 안 좋은 의식도 여전히 상당했다.

네크로맨서들이 존중을 받는 시기는 전투를 벌일 때뿐!

직업적인 오해와 편견이 매번 뒤따르지만, 언데드 군단을 끌고 다니면서 사냥을 하는 재미만큼은 남부럽지 않다.

"최근에 동쪽으로 떠나셨다는 이야기를 들었습니다. 그럭저럭 괜찮은 모험을 하고 돌아오신 것 같은데……."

"뭐, 체이스 님만 하겠습니까. 그냥 섬 몇 개 찾아내고 돌아왔죠."

"무인도라면 별로 볼 것도 없었겠습니다."

"설마요. 인구가 4만 정도인 도시가 있던데요?"

모험가들의 불꽃 튀는 말싸움도 은근하게 펼쳐졌다.

모험가들은 전사나 기사와는 다르게, 어느 던전을 깨끗하게 정복하고 몬스터들을 사냥했는지를 다투지 않는다. 스킬 숙련도와 레벨도, 매우 중요한 부분이기는 하지만 결정적인 자랑거리는 되지 못하였다.

그들은 무엇을 찾아내고, 발굴하고, 이야기를 들었는지를 자랑으로 여겼다.

모험가는 실낱처럼 작은 실마리를 추적하여 역사를 바로잡고 유물들을 건져 내는 직업!

대륙의 술집을 떠들썩하게 만드는 모험이야말로 그들이 밤잠을 이루지 못하고 떠돌아다니게 하는 원동력이었다.

모험가들은 원래 대륙 전체에 흩어져서 누비고 다녔다. 정해진 소속 같은 것은 그들에게는 별 의미가 없다.

임무를 완수하기 위한 동료들을 그때그때 구하기는 하지

만, 공성전에 참여한다거나 영주로서 통치행위를 벌이는 것도 그들에게는 그다지 마땅치 않았다.

모험가들은 돈을 벌어도 사냥보다는 의뢰의 보상비를 받아 내는 쪽을 선호하고, 그보다 좋은 것은 금광, 은광, 숨겨진 보물들을 발견해 내는 것이었으니까.

모험가들에게는 무엇을 찾아내고 어떤 도전을 겪었느냐가 제일 중요하고 또한 자랑할 거리가 된다.

"다리를 무너뜨립시다. 우리가 쌓아서 만든 다리를 놈들이 이용한다니 불쾌하지 않습니까?"

"반드시 지켜야 할 건물들을 따로 추려 봅시다. 예술 회관, 프레야 여신상, 대도서관, 빛의 탑과 같은 건물들은 최악의 경우에도 적들의 손에 넘어가지 않도록 이주 계획을 짜야 합니다."

"늦기 전에 다 옮길 수 있을까요? 그리고 전쟁으로부터 피할 수 있는 안전지대가 어디에 있을지……."

"안되면 섬으로라도 옮겨야죠. 최선을 다해 구해야 할 건축물들을 선별하고, 도시를 지키기 위한 요새화 작업에도 참여합시다. 이 전쟁에 우리 건축가들이 해야 할 일이 아주 많습니다."

건축가들은 애국심에 불타올랐다.

북부에서는 그들의 재능을 활짝 꽃피울 수 있었다. 위대한 건축물들이 끊임없이 건설되고, 험한 산과 넓은 강을 넘어서 북부를 연결하는 도로망 개선 사업도 아직 초기에 불과하였다. 인구수가 폭발하면서 팽창하는 도시 건설에도 건축가들은 대거 참여하고 있었다.

넉넉한 쉼터와 공원, 사냥터에서 얻은 금화를 기꺼이 꺼낼 수 있게 만드는 왁자지껄한 시장, 넓은 도로를 끼고 있는 화려하면서도 실용적인 상업 지대, 안락한 휴식을 취할 수 있는 주택가!

문화가 있는 특색 있는 언덕, 하천 주변 공간을 꾸며 사람들이 즐기면서 스트레스를 날려 버릴 수 있게 해 줄 공간도 중요하다.

도시의 전망과 야경까지도 고려하면서 지어야 하기 때문에 건축가들끼리의 협력은 무엇보다 중요하였다.

건물 하나하나가 제아무리 멋지다 해도 모두 모아 놓고 보았을 때 아름답지 못하다면 건축 디자인이란 관점에서는 실패나 마찬가지다. 일부 특색 있는 건축물만 부각되다 보면 도시의 거리는 엉망진창의 형편없는 몰골이 되었다.

하천과 건물, 거리와 나무까지 조화를 이루어야만 하기에 건축가들은 자주 모여서 대화를 나누었고 그래서 사이도 좋은 편이었다.

일반 유저들의 존경을 받는 직업!

그들이 결정을 내리면, 초보 유저들이기는 해도 수천 명이 일사불란하게 움직이면서 작업을 도와주었다.

북부에서는 건축가가 아주 유망한 직업이었다.

"풀죽에는 독버섯이 꼭 들어가야 되네. 죽느냐 사느냐의 경계 속에서 피어오르는 감칠맛을 느껴 본 사람이라면 밋밋하고 식상한 다른 죽들은 먹기도 힘들지."

"푸짐한 해산물죽을 못 먹어 봤으면 말을 말아야죠. 산지에서만 먹을 수 있는 각종 해산물을 바다에서 직접 채취해서 바로 끓여 먹는 그 맛! 해산물죽은 선원들의 충성심 올리기에도 일품입니다."

"실용성으로 따진다면 던전 깊은 곳에서 식량이 떨어져서 만드는 이끼죽, 벌레죽만 할까요?"

요리사들의 만남도 이루어졌다.

북부 전체를 풀죽신교가 차지하고 있다고 해도 과언이 아니다 보니 하벤 제국의 침공으로 벌어지게 되는 이번 전쟁은 모든 유저들을 결집시켰다.

현재 풀죽신교에는 대표적으로 71개의 부대가 있었다.

현재 가입되어 있는 총 인원수는 측정 불가!

초보 유저들이 집중 가입하는 죽순죽 부대 같은 경우는 개방제로, 무제한 받아들였다.

가슴이나 머리에 죽순을 꽂고 돌아다니면 죽순죽 유저다. 작은 마을에도 죽순죽 유저는 수천 명씩 돌아다니고 던전에도 무수하게 흩어져 있는데 무슨 수로 전체 인원수를 확인하겠는가.

"북부 유저 전체가 풀죽신교이지 않을까?"

"모르겠군. 주민들도 풀죽풀죽하면서 다니는 판이니 말이야."

풀죽 식당, 풀죽 카페, 풀죽 여관, 풀죽 무기점 등등 체인점들의 인기도 뛰어났다.

그리고 무엇보다 무서운 점은, 풀죽신교는 적들의 침략에 맞서 싸우려는 의지로 불타오른다는 것이었다.

그들이 아르펜 왕국에 바치는 충성심의 근원은 위드에 대한 친밀감도 있을 테지만, 그보다는 북부에서 자신들이 행복하기 때문이었다. 이 행복한 국가를 파괴하려는 하벤 제국은 바람피우다가 걸린 여자 친구보다도 훨씬 나빴다.

처음부터 비교의 대상도 될 수 없다.

왜냐하면 상당수의 풀죽신교의 남성들은 바람피울 여자 친구도 없었으니까!

"우린 싸워야 합니다."

"갑시다!"

북부 도시들마다 유저들의 거대한 무리가 전투에 대한 의지로 들끓었다.

비록 칼질 한 번, 화살 한 발에 죽을 목숨이라지만 침략자들을 무찌르고 싶기에 일어났다.

하지만 과거에 중앙 대륙에서 숱한 전쟁을 경험했던 유저들은 만류했다.

"안 됩니다. 인원수가 아무리 많더라도 이대로 몰려가는 건 자살행위일 뿐입니다."

"하벤 제국은 지금까지 싸워 온 상대와 다릅니다. 호락호락하지 않아요. 압도적으로 완전무결한 강함을 가지고 있습니다."

"그렇다고 우리의 땅과 도시를 저항도 하지 않고 내줄 순 없잖아요!"

"우리는 이길 수 있습니다. 반드시 이기겠다는 의지만 있다면요!"

결집한 북부 유저들 사이에서 의견이 나뉘면서 사방에서 우왕좌왕했다.

싸우고 싶은 마음은 굴뚝같았지만, 레벨이 높은 유저들일수록 우려 섞인 조심스러운 반응이다.

원래 중수나 고레벨 유저가 되면 죽음으로 인해 잃는 것도 많아진다. 레벨 300대나 400대의 유저가 어처구니없는 실수로 허무하게 죽어 버린 후 스킬 숙련도와 레벨을 날리고 좌절하는 경우도 적지 않았다.

도시의 중앙 분수대에서 고개를 숙인 채 땅이 꺼져라 한숨을 짓고 있는 이들이 그런 부류!

하지만 죽음을 즐긴다는 독버섯죽의 유저들조차도 이렇게 무작정 싸우는 것은 마땅치 않아 했기에 다른 유저들도 덩달아서 망설였다.

풀죽신교의 유저들은 자신들이 가진 장점을 확실히 인지하고 있었다.

질보다 양.

무조건 들이닥쳐서 적들을 쓸어버린다.

허술하기 짝이 없는 작전이라도 단합을 이루어 내면 된다.

막상 상대하는 쪽에서는 상상을 초월하며 끊임없이 들이닥치는 물량 앞에서 놀라고 좌절하기 마련이다.

강한 군대라도 숫자로 압도한다면 결국 무너지기 마련이다.

하지만 하벤 제국의 정예 병력이 어마어마하게 진군해 오고 있다. 중앙 대륙을 통일해 버린 군대에도 그러한 막무가내의 전투 방식이 통할 것인가.

어쩌면 전 대륙을 제패할 수 있는 최강의 군대라고 할 수 있을 텐데.

"해보고 안되면 또 싸우면 되죠!"

"놈들을 북부에서 몰아냅시다!"

결국 목소리가 크고 주류를 이루는 강경파 유저들의 의견이 득세할 수밖에 없었다.

그들은 과거처럼 르포이 평원에서 하벤 제국군을 격퇴하기로 했다. 아직 돈이 없어서 철검도 사지 못한 북부의 유저들이 르포이 평원을 향하여 대대적으로 이동했다.

북부 유저들은 사냥과 레벨 업만 하지 않고 다양한 활동과

재미를 찾아다니는 성향이 있었다. 모라타에서 일찍 시작한 유저라고 해도 아직 레벨이 200대 후반에도 이르지 못했다.

어마어마하게 늘어난 인원은 경제력을 부강하게 만들어 주고는 있었지만 실질적인 개개인의 능력은 크게 높아진 것이 아니었다.

"과연 라페이의 의견은 귀신같군."

하벤 제국의 3군단장 포르칼은 고개를 끄덕였다.

저 능선 너머에서 끝이 없이 걸어오는 북부의 유저들을 보라.

약하고 강하고를 떠나서, 어찌 저 인원 앞에 압도되지 않을 수가 있겠는가.

"렌슬럿이 패배했던 이유도 알겠어."

헤르메스 길드의 유저들이 존경하던 대영주 렌슬럿.

그는 적들이 철벽의 요새 내에서 농성을 하는 상당히 까다로운 전투에서도 용기와 지략으로 가뿐하게 승전을 거두었다. 그래서 북부에서 처참하게 패전을 하고 돌아왔을 때, 헤르메스 길드의 전쟁 지휘관들은 내심 적지 않은 충격을 받았다.

이기는 데 익숙한 그들로서는 설마하니 렌슬럿이 그런 처절한 패전을 경험할 줄은 몰랐던 것이다.

 지금 저 북부 유저들을 보니 고작 7만의 부하들을 데리고 왔다면 어떤 수단을 쓰더라도 질 수밖에 없었겠다는 생각이 들었다.

 병사들의 레벨과 훈련도가 아무리 높더라도, 버틸 수 없는 대홍수처럼 적들에 의하여 휩쓸려 버렸을 게 아닌가!

 특히 저 대량의 인원들 사이에는 무시 못 할 강자들도 끼어 있다.

 중앙 대륙에서 밀려나서 복수심을 가진 유저들!

 그들이 초보 유저들 사이에 섞여 있기 때문에 원치 않는 난전이 벌어진 후에는 애를 먹기 일쑤가 될 것이다.

 헤르메스 길드의 실질적인 유저 숫자는 20만 정도 된다. 그중 현재 북부 원정에 동참한 유저 수는 5만 명에 달한다.

 날고뛰는 수준의 유저들로, 전투에는 도가 텄다고 표현해도 좋을 정도!

 도시에서 걸어 다니면 다른 사람들이 우러러보고, 자신이 활동하는 지역에서 유명세를 떨치는 것은 물론 로열 로드 전체를 통틀어서 최상위권 랭커들이 다수 포진되어 있다.

 그러한 최정예들이라고 해도 끝이 보이지 않고 가늠도 되지 않는 적에게는 정신적으로 움츠러들 수밖에 없지 않겠는가.

 "전쟁에는 사기가 중요하니까 말이지."

유저들이 동요하면 휘하의 NPC 병사들 역시 마찬가지다.

하지만 중앙 대륙을 정복한 헤르메스 길드에서는 끊임없이 전쟁에 대한 계획을 세우고 준비를 하고 있었다.

하벤 제국군은 이제야 북부로 왔지만, 그에 대한 훈련과 대비는 렌슬럿의 패배 이후로 계속되어 왔다.

유저들이 뭉쳐서 대항하더라도 숫자로 어찌할 수 없는 그 한계란 너무도 명확했다.

어떠한 전술도 세우지 못하고, 날카롭고 빠른 돌격도 불가능하며, 툭 건드리면 죽어 버리는 자들이 달려온다. 대륙 최강의 군대를 가진 하벤 제국의 입장에서는 그리 두려워할 이유가 없다.

더군다나 위력은 약하지만 마나 소모가 적은 광범위 확산 마법 공격, 범위 화살 공격 등을 미리 전부 갖춰 놓고 준비해 두고 있었다.

최상의 질과 충분한 병력을 가진 하벤 제국이 겁을 상실한 나약한 초보자들을 학살해 버리는 것이다.

"이번에도 이기는 싸움을 하겠군. 역시 군중심리란 단순해서 전술적으로는 상대하기가 쉬우니까. 가장 많은 학살 기록을 세울 수 있겠어."

군단장들은 미리 지정된 자리에 부대를 배치했다.

"광역 마법을 사용해 보고 싶군."

"캬아, 오늘 최소한 1,000명 이상은 죽일 수 있겠구나. 전투 공적을 어마어마하게 세울 수 있겠는데."

적의 막대한 병력에 헤르메스 길드의 유저들도 조금은 흥분이 되었다.

"으음, 어쩌지?"

"진짜 단단해 보이네. 어떻게 공격을 해야 돼?"

무작정 달려온 북부 유저들은 적군 코앞에 이른 후에는 정작 어쩔 줄을 몰랐다.

하벤 제국의 중장보병들이 창과 방패를 앞에 세워서 진을 치고, 뒤에는 궁수들이 빼곡하게 밀집해 있다. 단단한 바위에 부딪치는 계란이 된 것만 같은 본능적인 두려움을 느끼게 만드는 진형이라서 무작정 덤벼들기에는 망설여졌지만, 좌우로 끝도 없이 모인 북부 유저들은 기운을 냈다.

"가자! 선봉은 독버섯죽 부대다!"

"전투에 승리하기 위해 장렬히 우리의 몸을 불사르는 겁니다."

"먹다 죽으나 싸우다 죽으나 마찬가지다."

죽음을 즐기는 독버섯죽 부대가 선봉으로 달려들기 시작했다.

10만 명 이상의 유저들이 먼지구름을 일으키면서 전력으로 질주했다.

그리고…….

2군단장 발바로가 명령했다.

"겁 없는 놈들에게 맛을 보여 준다. 1대와 4대의 궁수들은 사격 개시! 화염 마법사들은 광역 확산 공격을 실시한다."

하벤 제국의 궁수들이 쏘아 낸 화살이 독버섯죽 유저들을 그대로 뒤덮었다.

"커억!"

"윽!"

"너무나도 많다."

"이럴 수가……."

화살 비에 무력하게 죽어 가는 유저들!

뒤를 이어 화염이 널리 퍼지면서 그들이 달려가는 지역을 뒤덮었다.

독버섯죽 유저들은 지역 전체를 목표로 삼는 공격에 버티지 못하고 족족 쓰러졌다.

하벤 제국에서 궁수와 마법사를 사용하는 방식은 실제 전쟁에서 쓰는 것처럼 정확했다.

6대에 속해 있는 궁수들은 운 좋게 살아남은 유저들은 무시하고 강해 보이는 자들만을 노리고 따로 화살을 쏴서 요격했다.

독버섯죽 부대는 아직도 계속 달리고 있었지만, 하벤 제국군의 사정거리에 들어가기만 하면 엄청난 공격을 받아야 했다. 지역 자체가 부서질 것만 같은 화력의 공격이 계속 이어지니 들어가기만 하면 회색빛으로 변해서 사라졌다.

북부의 유저들은 맹렬히 달려간 독버섯죽이 아무것도 하지 못하고 말 그대로 녹아 버리는 광경을 목격하고 경악했다.
"이건 아니야. 용맹한 독버섯죽 부대가……."
"광역 화염 마법이 몇백 개나 한꺼번에 터지면 저런 느낌인 거구나."
"공격 방식이 마치 우리와 싸우기 위해 만들어 놓은 것 같지 않아요?"
"저들에게만 맡겨 놓지 맙시다. 우리 전부가 동시에 가야 합니다."
"시간을 주지 말고 해치웁시다."
　엄청난 광경에도 불구하고 용기를 잃지 않은 북부의 유저들!
"우와아아아아!"
　그들 또한 해일처럼 일제히 달려들기 시작했다.
　좌에서 우로, 시작과 끝을 알기 힘들 정도로 많은 유저들이 끝도 없이 덤벼든다.
　어쩌면 이제부터가 전쟁의 시작이리라.
　하지만 하벤 제국군 역시 완벽한 대응이 되어 있었다.
"놈들은 허수아비와 다를 바가 없다. 하지만 첫 전투이니만큼 조금은 예의를 갖춰 줘야 하겠지. 하벤 제국의 무서움을 똑똑히 보여 주어라!"
　화살과 마법으로 닥치는 대로 유저들을 학살했다.
　수만, 수십만이 우습게 죽어 나갔지만 하벤 제국군에 가까

이 접근조차 하지 못했다.

과연 요새의 존재 이유가 있을지가 의문이 들 정도로 막강한 화력으로, 유저들의 반격을 허용하지 않고 쓸어버렸다.

정복 전쟁을 통해서 훈련과 전투 경험을 쌓은 엘리트 궁수들과, 최상의 대우로 성장시킨 마법사들을 운용할 수 있는 것은 오직 하벤 제국뿐이었다.

NPC 궁수들이 착용한 값비싼 장궁과 사정거리를 늘리기 위한 액세서리 장비들, 마법사들을 성장시키기 위한 마법 연구 서적과 실험 도구들의 지원이 있어야 하기 때문이다.

전쟁에 집중했던 헤르메스 길드였기에 궁병들과 마법병단은 특별히 강화되어 있었고, 그 수준도 여타 다른 왕국들은 감당해 내지 못할 정도였다.

물론 북부 유저들 사이에도 고레벨들이 상당수 끼어 있기는 했다.

누구나 예상하던 것과 같이, 난전이 벌어지면 활약을 하기로 약속이 되어 있었던 상태!

하지만 하벤 제국군이 보여 주는 우월한 화력 앞에서는 조금 더 버티다가 초보 유저들과 함께 사이 좋게 죽어 나가는 신세였을 뿐이다.

북부 유저들의 어설픈 물량은 하벤 제국의 원거리 집단 공격 전술 앞에 무용지물이었다.

최대한 한꺼번에 많은 인원이 돌격을 하더라도 막상 운 좋게라도 검을 휘두를 수 있는 정도의 거리까지 다가가는 병력은 2할도 안 된다.

사실 그마저도 궁수대들이 해치울 수 있었지만 그들은 후속 부대를 차단하느라 방치해 둔 것이다.

가까이 접근한 병력 또한 별다른 것도 해 보지 못하고 철벽처럼 뭉쳐 있는 중장갑보병들에게 부딪쳐 목숨을 잃고 사라졌다.

"이거 어떻게 하지?"

"몰라. 갈 수가 없겠는데?"

"싸우고 싶어도 적이 근처에 있어야 뭐라도 해보는 것 아냐."

북부 유저들의 돌격 진형에는 정체 현상이 벌어졌다.

여전히 많은 유저들이 여전히 무작정 달리고 있었지만, 무의미한 죽음과 감히 어떻게 해 볼 수가 없는 절망적인 상황이었다.

―느려지는 발걸음 저주가 걸렸습니다.
40초 동안 이동속도가 35% 저하됩니다.

―참혹한 진실에 대한 저주를 받았습니다.
현재 가지고 있는 마나의 94%가 소모됩니다.

북부 유저들을 향하여 덧씌워지는 저주들!

하벤 제국에서는 막대한 재물로 많은 교단들에 기부금을

냈다.

 돈을 쏟아부어 전쟁 사제들도 대거 동원하였으며, 헤르메스 길드 소속의 성직자들도 참여하고 있었다.

 그럼에도 북부 유저들은 너무나 많이 모여서 아직 십분의 일도 피해를 입지는 않은 상태. 뒤에 대기하고 있는 유저들이 더욱 많기에 비록 의미 없이 쓰러진다는 걸 알고 난 이후로도 계속 돌격해 왔다.

 하벤 제국의 군단장들은 미리 받은 명령이 있었다.

 "이렇게 해도 이길 수 있겠지만 더 큰 절망을 가르쳐 주기 위해 2단계 작전을 실행해야 하겠지. 중장갑보병 전진! 기사단은 출격하라. 전진 방향은 400미터마다 교차할 수 있도록."

 마침내 하벤 제국군도 수비만 하던 지금까지의 상황을 버리고 앞으로 뛰쳐나왔다.

 그들은 전투의 승리를 의심하지 않았다. 원거리 공격에 의한 순차적인 지역 초토화가 아니라 어떠한 방식으로도 이길 수 있다는 점을 증명하기 위해 늑대가 양을 쫓듯 북부군을 몰아내기로 한 것이다.

 병사들과 기사단이 마주 달려가면서 유저들과 검과 창을 부딪쳤다.

 "말도 안 돼. 검이 부러졌어!"

 "커억! 고블린 던전을 정복한 내가 이렇게 허무하게……."

 백 번 이상의 전투를 거친 숙련병들이 가볍게 유저들을 베었다. 약한 유저들이 앞장을 서고 있었기에 이미 정해진 결과였다.

그리고 그들 사이에 뒤섞여 있는 고레벨 유저들.

하지만 그들이 활약할 만한 시간과 공간이 없었다.

원거리 공격 부대의 일제 공격이 일차로 휩쓸고 나면 하벤 제국의 기사단이 짓밟고 지나간다.

기사단의 돌진 앞에 초보 유저들은 장애물이 되지를 못하였고, 고레벨 유저들도 허망하게 죽어 나갔다.

개인들이 전쟁에서 발휘할 수 있는 능력은 집단에 비해서 한계가 있다.

몇 명씩 숨어 있었던 것이 도리어 최악의 결과를 나오게 했다.

뭉쳐서 저항하더라도 힘든데 자신들은 거치적거리는 초보 유저들 사이에 흩어져 있고 적들은 기사단 규모로 운용되고 있으니 상대하기가 역부족이었다.

"한 놈씩만 죽입시다!"

북부 유저들 중에서 레벨 200에서 300대들은 그러한 목표를 세웠다.

자신의 목숨이야 어찌 되든 숫자를 조금이라도 줄여 놓으면 된다. 그다음은 남은 동료들이 알아서 해 줄 것이다.

양으로 내세울 수 있는 전술!

하지만 하벤 제국군도 전쟁에서 불패의 신화를 그냥 이룬

것이 아닌 만큼, 거의 무인지경이었다.

뿔뿔이 흩어져서 돌격한 기사단은 유저들을 짚단처럼 베어 나갔다. 그리고 정해진 위치마다 교차하면서 다시 가속을 하기 위한 여력을 보충했다.

몇 명씩 섞여 있는 고레벨 유저들은 원거리 공격이 무서웠고, 기사단의 돌격에 자신의 능력을 효과적으로 발휘하지 못했다.

제국군 병사들은 기사단의 뒤를 따르면서 혼란에 빠진 지역을 장악했다. 궁수대와 마법병단은 천천히 전진해 오면서 북부 유저들이 뭉쳐 있는 곳에는 어김없이 공격을 날렸다.

그들만이 그렇게 움직이는 것이 아니라, 7개의 군단이 조직적으로 진군하면서 중요한 고지들을 점령했다.

하벤 제국군은 병력 배치를 통해 전체 진형을 형성하여 넓게 퍼진 후에 유저들을 깊숙하게 끌어들이고 분쇄시켰다.

방어에 특화된 중장갑보병들이 전면에서 버티는 사이에, 내부에 갇힌 10만 명 이상이 그대로 살육당했다.

지휘나 통솔에 있어서 북부 유저들은 따로 계획 자체가 없었다.

규모가 큰 만큼 효과적인 통제는 애초에 불가능!

어느 순간부터는 북부 유저들은 그저 돌격만 하고 있고, 하벤 제국군은 일정 시간마다 진형을 바꿔 가며 원거리 공격과 돌격을 섞어서 그들을 죽이기만 하면 되었다.

물론 아직 기회를 노리는 북부 유저들도 있었다.

적들이 다가오기만을 기다리던 도둑과 전사 등의 고레벨 유저들!

회심의 일격으로 병사 1~2명을 죽이는 전과를 세우기도 했지만, 그들 또한 원거리 공격에 쓸려 버리거나 기사단의 돌격에 의하여 저항하지 못하고 죽었다.

궁수들과 마법사들은 이도 저도 할 것이 없어서 우왕좌왕하다가 결국 하벤 제국을 향하여 막무가내의 공격을 시전했다.

"이거나 먹어라!"

"최소한 몇 놈은 죽을걸!"

그러나 준비된 보호 마법이나 방패에 의해서 막히고, 역공을 당해서 목숨을 잃었다.

절삭의 능력을 가진 검병부대, 마법의 위력을 약화시키는 방패부대 등을 운용하면서 제국군은 상대방에게 절망감을 느끼게 했다.

"어떻게 해?"

"말도 안 돼."

"그래도 물러설 수는 없잖아."

북부 유저들 사이에서는 앞으로 가기만 하면 죽는다는 소문이 파다하게 퍼졌다.

그럼에도 용기를 내서 돌격해 보지만, 무엇을 해 보지도 못하고 개죽음!

종합적인 전쟁 수행 능력에서 비교도 되지 않았다.

하벤 제국군은 사제들의 회복 마법도 무한대로 퍼부어지고 번갈아서 휴식도 취하고 있기에 지치지도 않는다.

전체적인 연결 고리가 단단하고 매우 조직적이라서, 상대하는 입장에서는 가히 악마처럼 느껴지는 군대였다.

집주인의 눈빛

이현은 텔레비전을 통해서 르포이 평원의 전투를 보았다.

"제대로 대패로군."

하벤 제국을 몰아내겠다고 덤빈 북부 유저들은 절반 이상의 희생자들만을 남기고 퇴각했다.

퇴각하는 모습은 또 얼마나 안쓰럽던가.

초보 유저들 일부는 끝까지 싸우겠다면서 그 자리에서 버티다가 의미 없이 죽어 가고, 후일을 기약하자면서 사방으로 흩어지던 나머지도 제국군의 기병대가 쫓아오니 살기 위해서 뛰다가 목숨을 잃었다.

병력의 규모가 아무리 크다고 해도 하벤 제국군의 질과 전쟁 능력이 압도하는 상황이었다.

그리고 전쟁에서 패배한 공포와 무력감이 유저들 사이에서 퍼져 나갔다.

"우린 어떻게 해야 돼?"

"아아, 안될 거야, 아마……."

"우리의 힘으로는 역부족이지. 여기서도 지배를 받아들이면서 사는 수밖에는."

다수의 전쟁을 경험해 본 하벤 제국군은 전체적으로 전투를 보는 눈이 냉정하고, 각 병과별로 확실하게 운용한다. 병력의 흐름, 시의적절한 공격과 방어, 병력 배치, 진형 변경 등은 그들이 어떤 식으로 중앙 대륙을 통일했는지를 알게 해 주었다.

헤르메스 길드원 중 전쟁 지휘관으로 성장하기를 원하는 자는 먼저 전술 교본들을 보고 시험까지 쳐야 한다고 한다.

이른바 똑똑한 엘리트들만 모아 놓은 셈!

그에 비해 북부 유저들은 단순했고 어떠한 전술도 없었다.

북부 유저들의 결정적 약점은, 대군을 지휘하는 사람이 없기에 군중심리에 쉽게 휩쓸린다는 점이다. 적군을 격파하기 위한 전술이 없으며 적절하게 병력을 운용할 능력도 갖지 못했다.

그 점을 완벽하게 파악한, 명령 체계가 확고하고 전투력이 뛰어난 부대 입장에서는 요리하기가 이보다 쉬울 수가 없다.

이현은 큰 전투를 많이 지휘해 봤기 때문에 지휘의 중요성

을 알았다. 동일한 부하들을 데리고 싸우더라도 전술과 적절한 지휘에 따라서 전투의 결과는 극단적으로 다르게 나온다.

중앙 대륙을 정복한 하벤 제국에 막무가내로 무작정 덤비기만 했으니 처참하게 박살 나는 것이야 정해진 운명 같은 것 아니었겠는가.

"음, 납득이 되는군."

이현은 고개를 끄덕였다.

애초부터 헛된 희망도 갖지 않았다. 세상사가 다 이런 게 아닌가.

학연, 지연, 혈연 등으로 엮이고, 또 머리 좋은 놈들은 어떻게든 출세를 한다.

평범한 서민들을 홀리는 대형 사건들이 얼마나 많던가.

분양 사기, 대출 사기, 부실 회계, 주가조작, 금융회사 파산 등으로 수백억씩 뜯기는 정도는 예사로 벌어진다.

개천에서 용이 나온다는 말은 완벽한 사기다. 이 세상에서 중산층이 되는 것이야말로 진정한 모험이지 않은가.

돈만 있으면 정말 살기 좋은 세상.

로열 로드 역시 남에게 짓밟히지 않으려면 무력은 필수적인 요소다.

헤르메스 길드에서 밝힌 이번 정복 전쟁의 이름은 '개미 밟기 작전'.

북부 유저들을 개미처럼 밟아 버리겠다는 의미이리라.

그중의 대왕개미야 당연히 위드를 뜻하는 것임은 말할 필요도 없으리라.

이현은 그래도 가슴을 쓸어내렸다.

"기대를 안 해서 다행이야."

로또라도 당첨되라는 심정으로 북부 유저들을 응원했다면 실망감은 더욱 커졌을 터!

나쁜 놈들이 더 잘 먹고 잘 사는 이 바닥에 정의가 어디 있단 말인가!

아예 기대도 하지 않았기에 그럭저럭 버틸 수는 있었다.

"오늘따라 밥맛이 떨어지는군."

그렇더라도 기분만큼은 조금도 좋지 않았다.

그의 중요한 밥그릇과도 같은 아르펜 왕국이 하벤 제국의 침공에 무너질 위기에 처해 있었으니 말이다.

언젠가 이렇게 되리라는 걸 알았지만 그렇다고 해도 결국 벌어지니 최악의 기분에 빠졌다.

위드 캐릭터가 원래의 시간대에 존재하고 있지 않기 때문에 하벤 제국에 맞서서 싸울 수도 없다.

이현의 눈이 차갑게 빛났다.

"어디 해보자는 거지. 난 잃을 게 하나도… 아니, 적당히 많지만 너희는 엄청 많지."

아르펜 왕국을 가지고 하벤 제국에 맞서려고 한다면 누가 봐도 정신 나간 짓이리라.

솔직히 그도 진지하게 방법을 생각해 본 적은 없다.

강자에게 적당히 양보하고 굽실거리면서 사는 게 편한 것이 인생이었으니까.

하지만 싸우려고 한다면 방법이야 없겠는가.

이현은 항상 불가능한 퀘스트에 도전을 해 왔고 적들을 깨뜨리면서 살아왔다. 하물며 지금은 그를 돕는 북부의 유저들도 있다.

이른바 하벤 제국을 상대로 수백만, 수천만의 파티 플레이가 진행되는 셈!

당장이라도 원래의 시간대로 돌아가서 북부 유저들과 협력하고 싶지만 참았다.

감정적이 될수록 손해를 보기 쉽다. 이럴 때일수록 조각술 최후의 비기 퀘스트를 마무리하고 본전을 뽑아야 되었다.

이현의 그릇은 아주 컸다.

"밥그릇도 지키고, 국그릇도 지키고, 반찬도 지켜야 하니까. 조금만 기다려라. 내가 어떤 사람인지를 보여 주지. 너희는 잠자는 미친개의 수염을 뽑았어."

위드가 로열 로드에 접속해서 나타난 곳은 여전히 장벽 근처의 웅덩이였다.

"으으음, 대제님, 제가 위급한 걸 알고 와서 구해 주시다니……."

눈이 초롱초롱 빛나는 건장한 전이가 곁에 있었다. 붕대를 감고 푹 쉬었더니 원래대로 회복이 된 모양이다.

위드도 어쨌든 반갑게 일상적으로 말했다.

"밥만 축내는 쓸모없는 놈."

"……."

구박과 잔소리가 어디 하루 이틀이던가.

조각 생명체들은 하나같이 욕을 먹는 데에는 익숙했다.

못하면 막말, 잘하면 질투!

모든 시어머니들이 위드 같다면 대한민국의 이혼율은 몇 배로 높아졌으리라.

"아무튼 몸조리 잘하고, 무모하게 싸우지는 말고 동료들을 찾아보도록 해라."

"옛! 대제님께서는 저와 함께하지 않으실 겁니까?"

"따로 움직이는 편이 나을 것 같다. 동료들을 만나면 엠비뉴의 대신전으로 와라. 그곳에서 만나자."

"꼭 다시 뵙겠습니다."

그렇게 전이를 남겨 두고 자리를 떠났다.

그를 챙겨서 퀘스트를 진행할 수는 없는 마당이었지만 부하들을 찾는 일도 중요하다. 그렇기에 다른 부하들과 만나서 돌아오거나, 대신전으로 몰래 오라고 지시를 했다.

물론 큰 기대는 하지 않았다.

"역시 혼자 움직이는 게 편할 때도 있어."

위드가 할 일은 대신전으로의 잠입!

조각 변신술로 빼곡한 몬스터들의 무리에는 어떻게든 섞일 수 있었다.

중간에 있는 시커멓게 썩은 강은 다소 골치가 아플 것 같았다. 강의 어느 부분의 폭이 좁은지도 알아봐야 하고, 걸어서 건널 수 있는지도 살펴야 한다.

그러나 대신전에 가까워질수록 엠비뉴의 감시탑을 피하진 못한다. 위드를 발견한 엠비뉴를 따르는 기사단이 대거 출격해 올 게 틀림없지 않은가.

— 엠비뉴 신이 우리의 적이 될 거라고 신탁을 내린 자가 나타났다.

몸에 꿀 바르고 호랑이 굴로 찾아가는 상황!

기사단을 물리친다 해도 더한 적들이 계속 나올 것이다.

위드가 아무리 강하고, 또 전투에 적합한 생명체로 변신을 하더라도 혼자서 전부와 싸울 수 없다는 건 겪어 봤다.

도망을 치려고 한다면 썩은 강과 몬스터의 무리가 또 장애물이 될 것이다.

그렇더라도 바퀴벌레와 같은 생명력으로 살아날 수는 있을지 모르지만 애초에 정면 침입은 시도하나 마나 한 방법이었다.

"관찰을 해야겠어. 시간을 활용하면서 틈을 찾아내야겠지. 인생에는 편법이나 얕은 수작이 필요하니까."

위드는 더 이상 부하를 찾아보려 하지 않고 장벽을 넘어가서 시커멓게 썩은 강 주변을 어슬렁거렸다. 비루먹은 망아지라서 그를 건드리는 몬스터는 없었다.

"냄새가 아주 지독하군. 보통 독이 아닌 것 같아."

강물을 마신 몬스터들은 자연스럽게 악취를 풍기면서 독을 내뿜는다. 일반적으로 사냥을 하자면 정말 까다로운 놈들임에는 틀림이 없다.

"강을 넘는 건 아주 어려울 것 같진 않은데. 몬스터들을 강물로 빠뜨려서 그걸 밟고 매우 빨리 지나가 버린다면 말이야. 조각 변신술로 독 안개에 저항력이 있는 생명체로 몸을 바꾸어도 될 테고."

거기까지 생각한 후, 위드는 고개를 절레절레 흔들었다.

당장을 해결할 방법은 되지만 대신전까지 들어갈 수 있는 길을 찾아내지 못한다면 무용지물이다. 시커멓게 썩은 강을 지나고 나면 엠비뉴의 대신전의 감시 영역에 들어가기 때문이다.

혼자 전부와 싸울 생각이 아니라면 계획은 접어 두어야 했다.

"으음, 좀 더 확실한 방법이 있겠지."

위드는 썩은 강의 하류를 향해서 계속 걸었다.

몬스터들의 눈에 띄지 않게 비루먹은 망아지의 모습을 하고 있었지만, 또 너무 속도를 내서 달리다 보면 자연스럽게 놈들이 의식을 하게 된다.

혈통 좋은 명마들처럼 머리를 꼿꼿하게 들고 말발굽을 또각거리면서 걷지 않았다. 금방이라도 쓰러질 것처럼 비실비실, 네 다리의 보폭을 달리해서 걸었다.

몬스터들 여럿이 지켜볼 때에는 정상적으로 앞으로 가기도 부담스러웠다.

샤샤샤샤샥.

갯벌에 사는 게를 흉내 내며 옆으로도 이동!

위드는 천금 같은 시간을 망아지로 행세하면서 지형을 살피고 몬스터들의 허점을 찾는 데 썼다.

그리고 시커멓게 썩은 강을 연결하는 석조 다리를 찾아냈다.

띠링!

―특별한 모험의 발견을 하셨습니다.
메마른 울부짖는 폐허에서 노예들이 지은 다리를 찾아냈습니다.
독가스가 올라오는 강 위에 다리를 놓는 것은 아무나 할 수 없는 일이었습니다. 이 작업을 위해 희생된 노르드 종족의 숫자만 7,600명이 넘습니다.
피와 시체로 쌓은 다리이지만 이용하는 자들은 거의 없습니다.
명성이 485 올랐습니다.
생명력의 최대치가 영구적으로 640 늘어납니다.

원래의 세상으로 돌아가고 나서도 추가적으로 얻은 스탯은 그대로일 테니 생명력의 증가는 반가웠다.

"강도 그냥 건널 수 있겠어."

다리가 있으면 어쨌든 이용을 해 줘야 할 게 아닌가!

하지만 다리 맞은편에는 엠비뉴의 기사들 100여 명이 삼엄하게 지키고 있었다. 썩은 강을 배회하는 몬스터들이 다리 위로 넘어가기도 하였지만, 엠비뉴의 기사들의 투창 공격에 의해서 대번에 목숨을 잃었다.

다리를 지키는 기사들이기 때문인지 혹은 엠비뉴의 총본영이 있는 장소라서 그런지, 기사들도 특별히 강한 느낌이었다.

그러다가 불현듯 드는 생각!

'대신전에는 어떤 놈들이 있을까?'

엠비뉴를 따르는 광신도, 사제, 기사들, 괴물들이 가장 먼저 떠올랐다. 그들은 대신전의 구성원이라고 부를 수 있으리라.

'저들의 사제가 된다면… 아냐. 무리지.'

조각 변신술을 쓰더라도 없는 신성력만큼은 어찌할 수가 없다.

위드는 기본적으로 가지고 있는 신앙심이 제법 높지만, 특별히 신을 모시는 사제들에게 허락된 권능인 신성 마법 자체는 사용하지 못한다.

각 교단에서는 일종의 종교의식이나 세례나 축복을 부여받아서 신이 허락해야만 신성 마법의 사용이 가능하다. 엠비

뉴 교단의 사제가 되었는데 신성 마법을 하나도 못 쓴다면 전투적으로는 상당히 난감하고, 들킬 확률도 높은 상황!

대사제, 종교재판관, 주교 들은 상대방이 어떤 신을 믿는지를 간파할 수 있기 때문에 도저히 흉내 낼 수가 없었다.

하지만 과연 저 넓은 대신전에 엠비뉴를 믿는 자들만 있을까.

'아니겠지. 그것도 한두 놈이 아니야.'

제물로 바쳐질 처녀부터 시작해서, 요리 재료로 사라질 동물들.

문제가 있다면, 모두가 곧 죽을 목숨들이라는 점!

엠비뉴 교단에 사로잡혔다는 사실 자체가 대부분의 생명체들에게는 죽음을 의미했다.

그렇지만 아직 당장은 쓰임새가 있어서 죽지 않을 생명체들도 있다.

'하늘로 오르는 탑의 건설자들!'

마물들만이 아니라 노예들을 통해서 짓고 있다고 한다.

아주 먼 곳에서 정찰을 해 보니 엠비뉴의 포로 사냥꾼들이 노예들을 끌고 대신전이 있는 곳으로 주기적으로 다리를 넘어갔다.

'그렇다면 결론은 나왔군.'

키가 작고, 눈이 앞으로 툭 튀어나온 종족 노르드!

오크들처럼 체격이 건장하지도 않고, 바바리안들처럼 용맹하고 전투를 즐기면서 힘이 세지도 않다. 금화나 보석을 좋아하는 것도 아니며 그냥 흙과 나무, 개울이 있는 부근에서 나무 열매를 따고 물고기를 구워 먹으며 살아가는 평화로운 종족이었다.

전쟁의 시대에 이리 치이고 저리 치이다가 멸종 비슷하게 희귀해진 종족.

평범하고 약간 작은 노르드 1명이 시커멓게 썩은 강에서 걸어오고 있었다.

"엄마. 엄마."

아마도 엄마를 찾아서 온 것인 듯, 불안하고 애타는 표정으로 주위를 두리번거렸다.

발걸음도 무겁고, 어린아이처럼 짧은 팔뚝은 아래로 축 쳐졌다. 먼 길을 걸어온 듯이 지치고 피곤해 보였지만 자세히 보면 눈동자가 빠르게 왔다 갔다 한다는 것을 알아챌 수 있으리라.

전형적으로 간사한 타입!

봉건제도 시대에 태어났다면 아첨과 횡령으로 부정 축재를 일삼았을 간신배의 전형!

시커멓게 썩은 강에 도착한 어린 노르드는 망설이다가 다리를 건넜다.

"멈춰라!"

"재수가 없군. 감히 엠비뉴의 땅에 허락도 없이 들어오다니, 죽어야 한다."

엠비뉴의 기사들이 노르드를 포위했다. 얼마나 얕잡아 보고 있는 것인지 무기도 꺼내지 않았다.

"왜, 왜 이러세요."

노르드는 아침 드라마에 주연으로 나올 법한 애처로운 연기를 하면서 눈동자를 굴렸다.

"저기요, 여기 우리 엄마 없나요? 엄마가 보고 싶어요."

"흐음, 배가 고픈데 먹어 버릴까."

"노르드는 맛이 없어. 고기는 까마귀에게 주고 피는 흡혈초들을 키우는 데 쓰자."

"좋은 의견이로군."

노르드의 이마에 힘줄이 솟아났다.

'이런 무식한 놈들이.'

그의 정체는 조각 변신술을 쓰고 있는 위드였다.

엠비뉴의 기사들의 결정에 따라서 그가 할 행동도 정해질 것이다.

"저는 정말 맛이 없어요. 그리고요, 저희 엄마가 기사님들을 따라서 저쪽에 있는 대신전으로 가셨어요."

심심해서인지 엠비뉴의 기사는 말을 받아 주었다.

 "그래? 언제쯤인데?"

 위드는 잠깐 머리를 굴렸다. 너무 길어서도 안 되고, 짧아도 좀 이상하지 않겠는가.

 "6달 전요."

 "킬킬, 그러면 뼈는 아직 남아 있겠군."

 "모르지. 통째로 씹어 삼켜서 소화가 되었을지도……."

 엄마를 찾아온 순진한 아이를 놀려 먹으려고 하는 기사들.

 "중요한 시기인데 경계를 철저히 해야지. 어서 놈을 죽이고 주변을 경계하도록 하자."

 "그럼 먹을까? 배도 고픈데."

 "종교재판관님이 탑의 건설을 위해서 노예들이 더 많이 필요하다고 했다."

 "아, 그 혹독한 노동을 견디지 못해서 많이 죽어 나가고 있다더군. 하지만 이 어리고 약한 놈이 할 수 있을까?"

 위드가 주먹으로 땅을 치면 쩍 하고 수십 미터가 갈라질 정도였지만, 노르드의 행세를 하고 있으니 상당히 약해 보였다. 사실 지금의 모습은 인간일 때보다도 전투력 측면에서는 오히려 손해가 더 컸다.

 "상관없지. 며칠만 버티면 탑이 완공될 테니까 말이야."

 "그때가 되면 위대한 엠비뉴의 능력이 이 땅에 내려와서 우리의 힘도 더욱 강해지겠군."

"암! 그날이 오면 노예들도 더 이상 필요 없으니 피의 축제를 열어도 된다고 하셨어."

"인간 노예들은 정말 맛있겠군."

엠비뉴의 기사들 중에서도 이곳에 있는 무리는 식인의 습성까지 있는 악질이었다.

기사들은 결론을 내리고는 위드에게 말했다.

"꼬마야."

"넷?"

아무것도 모른다는 듯이 천진난만하게 되묻는 위드!

"너희 엄마한테 데려가 줄까?"

"정말 저희 엄마가 있는 곳을 아세요?"

"알지. 아저씨가 엄마가 있는 장소로 데려가 줄 거야. 그런데 조건이 있다."

"뭔데요?"

"엄마를 보려면 좀 고된 일을 해야 돼. 할 수 있겠지?"

"그럼요!"

위드가 씩씩하게 고개를 끄덕였다.

물론 엠비뉴의 기사가 하는 말들은 전혀 통하지도 않을 개수작!

사기를 칠 사람이 없어서 어디 위드에게 치려고 한단 말인가.

"그럼 말에 타거라."

"일부러 데려다 주신다니 정말 고맙습니다."
위드는 속는 척 기사의 말 뒤쪽에 탔다.
"잠시 다녀오겠네."
"갔다 오게. 중간에 마음이 바뀌더라도 혼자 먹지는 말고."
"으흐흐, 물론이지."

위드는 엠비뉴의 기사가 모는 말을 타고 대신전이 있는 방향으로 달렸다.

> -엠비뉴의 성지로 다가가고 있습니다.
> 엠비뉴를 따르는 모든 이들의 능력이 강화되고 불가사의한 회복력을 갖게 될 것입니다.
> 엠비뉴를 부정하는 자, 정신과 육체를 의지하지 않는 자들은 체력과 생명력, 마나의 회복 속도가 49% 감소합니다.
> 또한 다른 신들의 신성력이 이 공간에서는 86% 약화됩니다.
> 신앙의 성소가 파괴되지 않는 한 이 효과는 계속 유지될 것입니다.

"에고, 첩첩산중이로군."
엠비뉴의 기사가 이상하다는 듯이 돌아봤다.
"무슨 소리냐?"
"아무것도 아닙니다."
"계속 갈 것이다. 시끄럽게 떠들면 구워서 뜯어 먹을 테니 조용히 해라."

"예, 알겠습니다. 저는 맛이 없어요."

사악한 마력을 받아들인 말은 아주 빠른 데다가 지치지도 않았다. 하지만 모래판을 쏜살같이 달리면서도 흔들림이 없던 쌍봉낙타보다는 훨씬 못했다.

성질 급한 운전수가 있는 마을버스와 모범택시 정도의 승차감 차이라고나 할까.

'쌍봉이는 잘 있겠지.'

벌써 쌍봉낙타가 그리워졌다.

조각 생명체들과의 이별은 이미 여러 번 겪어 봤는데도 여전히 익숙해지지가 않았다. 전육, 전칠 등의 다른 조각 생명체들도 앞으로는 만날 수 없을 것이다.

퀘스트를 마치고 나면 위드가 원래의 세계로 돌아가게 될 테니 이 세계에서 만든 조각 생명체들은 다시 보지 못할 가능성이 높다.

퀘스트와 전투를 함께하면서 나름대로 친숙해졌지만 이제는 추억만 남게 되리라.

와이번들에게는 미안한 말이지만 예술가로서 생명을 부여하기 위한 작품 창조를 하면 할수록 더욱 애착이 갔다.

'아마 와이번들은 대충 만든 탓이겠지. 불량 식품이 더 맛있는 것처럼 말이야.'

인생에는 작별이 있기에 더욱 아련한 추억들이 깊어지는 게 아니겠는가.

"여기가 네가 일할 곳이다."

엠비뉴의 기사는 하늘로 오르는 탑의 건설 현장에 위드를 데려다 놓았다.

노르드, 인간, 오크, 드워프, 엘프를 비롯하여 온갖 종족들이 다 붙잡혀 와서 강제 노동을 하고 있었다.

수없이 많은 이들이 인근의 채석장에서 캐낸 돌덩어리를 짊어지고 끝이 보이지 않는 까마득한 계단을 오르락내리락했다.

"으아아악!"

안전 대책이라고는 전무한 탑에서 추락하는 자들도 적지 않았다.

위드는 아동 납치범에게 사탕을 빨리 달라고 보채는 어린아이처럼 활짝 웃었다.

"멋진 곳이네요. 원래 높은 곳을 좋아했어요."

"위대한 일을 하는 것이지. 이곳에서 죽으면 대단한 영광이란다."

"여기에서 일하다 보면 정말 엄마를 만날 수 있는 거겠죠?"

"물론이다. 하지만 도망치면, 너는 물론이고 너의 엄마까지 찾아내서 죽일 것이다."

"어허헉! 절대 도망치지 않을게요."

"쉬지 않고 일하면 엄마를 빨리 만날 수 있을 거다. 아주 먼 곳에서… 크크크큿……."

기사가 떠나고 나자 탑의 보초병들이 소리쳤다.

"거기 어린놈! 왔으면 가만히 서 있지 말고 어서 일해라!"

"옛!"

위드는 근처에 있는 바위로 가서 활기차게 등에 짊어졌다.

노르드 종족으로서는 다소 부담이 가는 무게였지만, 조각 변신술로 모습을 바꾸었다고 해도 기본 레벨이 워낙에 높기에 거뜬했다.

물론 힘든 척이나, 눈에 덜 띄는 적당한 공간에서 시간을 보내는 눈치쯤이야 어디 하루 이틀이던가.

"그럼 시작해 볼까."

무사히 탑에도 도착했고, 공사 현장은 정말 익숙한 곳이었다.

위드는 바위를 짊어지고 탑의 계단을 힘차게 올라갔다.

'2만 6,237, 2만 6,238, 2만 6,239······.'

위드는 하늘로 오르는 탑의 계단을 한 칸씩 오를 때마다 숫자를 셌다.

숫자를 세다가 까마득하게 현기증이 날 정도로 계단은 많았다. 인부들이 오르고 내려오기 편하도록 계단의 높이가 낮은 것도 아니었다.

오크들이라면 모르겠지만 다리도 짧은 노르드에게는 부담스러운 계단은 1개마다 30센티 정도의 높이로 되어 있었다.

계단이 1,000개를 넘었을 무렵에는 초고층 아파트 정도의 높이에 달했는데, 1만 개를 넘을 때부터는 웬만한 산보다도 가파르고 험한 산보다도 훨씬 높은 것 같았다.

2만 개를 넘었을 때에는 구름을 뚫고 지나서 계속 올라갔다.

그때부터는 탑의 창가로 보이는 지상 세계가 장난감처럼 작게 보일 정도였다.

엠비뉴의 대신전, 시커멓게 썩은 강, 메마른 울부짖는 폐허까지도 전부 눈에 들어왔다.

'여기에 있는 몬스터와 광신도들을 다 잡으면 적어도 100만 마리는 되겠군.'

구체적인 머릿수야 헤아릴 수가 없지만, 그만큼 지상과 하늘을 가리지 않고 중대형 몬스터들이 넘쳐 났다.

성벽을 힘으로 무너뜨리고 기사들을 짓밟을 수 있는, 강력한 광신도들의 본거지!

'이런 세력을 가지고도 대륙 파괴에 실패하다니, 진짜 무능한 놈들.'

위드는 겁에 질리기보다는 한심스러워서 견딜 수가 없었다.

나쁜 놈들이 강대한 세력을 가지고도 부지런하지 못하고

방심을 일삼으니까 용사나 정의의 사도가 나타나서 매번 퇴치하는 것이 아니겠는가.

'과연 사회는 노력에 대한 보상에 인색해. 악당들의 정당한 노력에 대한 보상은 누가 해 주는 거야?'

계단참 옆에는 잠깐씩 앉아 쉬고 있는 노예들도 있었다.

"우린 어떻게 될까?"

"모르지. 다 죽은 목숨일 거야."

"며칠 전에 노르딕이 어떻게 되었는지 봤어? 커다랗고 팔팔 끓는 솥에 산 채로 던져져 버렸어."

"살점은 다 녹아 버리고, 뼈들은 건져서 새들에게 주었다면서?"

노예들의 이야기 중에는 쓸모 있는 정보는 거의 없고 잔인하고 우울한 이야기들만이 가득했다.

"헤울러 님? 그분의 이름을 함부로 꺼내지 말게. 어디서든 그분의 험담을 하게 되면 까마귀들에게 잡아먹히게 돼."

"모르는 것이 없고 전지전능하신 분이지. 저쪽의 엘프 노인 보이나? 끌려와서 100년이 넘도록 일을 하고 있지. 저 노인 말에 의하면, 헤울러 님은 예전보다 더 젊어지셨다는 거야."

"날씨를 바꾸고, 어둠을 불러올 수 있지. 이 탑에도 그분의 강대한 마력이 깃들었어. 가히 신이라고 불러도 될 정도 아닌가?"

파수꾼들은 4, 5층마다 지키고 있으면서 순찰을 돌며 앉아 쉬고 있는 노예들에게 채찍질을 가했다.

"거기, 더 빨리 올라가라. 더 늦어지면 마수들의 먹이로 던져 줄 거야."

"제발, 제발 살려 주세요!"

"우으으흑!"

노예들이 돌과 모래를 운반하면서 내는 짓눌린 신음 소리가 계단을 울렸다.

죽음에 대한 공포와 침울한 분위기가 드높은 탑을 채우고 있었다. 감수성이 예민한 사람이라면 감정이 이입되어서 눈물을 흘릴 수도 있는 상황!

'으하암, 심심하고 졸린데. 계단이 정말 길기도 하군.'

위드는 묵묵히 걸어서 결국은 탑의 꼭대기까지 올라갔다.

중간에 약간 헷갈려서 정확하게 세어 보지 않았지만 계단은 대략 4만 개 남짓이었다.

'정말 엄청난 높이야. 탑이 이렇게까지 높을 줄은 몰랐는데.'

구름을 넘어 한참을 올라와서, 바람도 이만저만 강한 것이 아니다.

와이번들을 타고도 보통 이 정도 높이까지는 올라오지 못했다. 시선을 아래로 내리면 고소공포증이 느껴질 만큼 아찔할 정도로 탑이 땅으로 뻗어 있고, 주변을 보면 하늘에 둥둥 떠 있는 것처럼 느껴진다.

탑의 면적은 고층부로 갈수록 줄어들어서 꼭대기는 불과 작은 방 하나 정도의 넓이밖에는 되지 않았다.

아마도 여기가 베르사 대륙에 지어진 가장 높은 건축물의 정상 부위이리라.

이제부터는 의지할 난간도 없이 계단만이 하늘을 향하여 끝없이 올라가고 있었다.

계단이 향하고 있는 하늘의 끝!

'으음.'

위드는 탑이 향하는 부분을 볼 수 있었다.

대악마의 눈동자처럼 크고 위험하고 음침한 무언가가 땅을 내려다보고 있다. 탑은 눈동자를 닮은 그 검붉은 일렁임을 향해 지어지고 있었다.

그곳까지 도달하기에는 고작해야 600미터 정도만이 남아 있는 것으로 보였다.

'3층에서 나를 내려다보던 집주인의 눈빛과 닮았어.'

집주인은 그저 사람의 얼굴을 보는 게 아니었다.

이놈이 이번 달 월세를 정상적으로 납부할지, 혹은 보증금과 월세를 더 올려 받아야 하는 건 아닌지, 기물을 파손하거나 한 건 없는지, 장독에서 김치를 훔쳐다 먹고 있는 건 아닌지를 고민하는 눈빛!

상위 서열의 포식자가 만만한 초식동물을 볼 때의 자신감까지도 묻어 나온다.

지하 방 월세를 살다 보면 대문을 열고 들어오고 밖에 나가는 것도 그렇게 신경이 쓰였다. 물론 날씨가 아주 맑은 날에는 감히 빨래를 널지도 못하고, 윗집 세탁기가 돌아가지 않는 흐린 날에나 마당의 빨랫줄을 쓸 수 있었다.

 탑 꼭대기의 눈동자는 뼛속까지 파헤치는 집주인의 그런 눈빛을 연상시켰다.

 "할 일을 마쳤으면 어서 내려가라!"

 "예."

 파수꾼들의 재촉에, 위드는 돌덩어리를 놔두고 다시 계단을 내려왔다.

 간단한 정찰은 이쯤으로 충분했으니까.

북부 사람들

전쟁으로 목숨을 잃었던 북부의 유저들이 로열 로드에 다시 접속했다.

 전의를 상실하고 침울해 있을 거란 예상과는 달리 기운이 넘쳤다. 죽음을 경험하고 접속하지 못하는 동안 하벤 제국에 앙갚음하고 싶은 마음으로 가득했던 것이다.

 "놈들을 몰아냅시다."

 "갑시다. 우리의 끈기를 보여 줍시다!"

 북부의 유저들은 침략해 오는 하벤 제국을 향하여 다시 돌진했다.

 "가자, 독버섯죽이여!"

 "우리의 죽음을 의미 없다고 하지 말라. 우린 그냥 죽는 것이다!"

효과가 없었던 무모한 인해전술의 반복!

겉으로 보기에는 영락없이 미친 짓이었다. 하지만 세 번에서 다섯 번 정도 압도적으로 전투를 승리한다면 다들 포기하고 순응해서 쉽게 북부를 정벌할 수 있을 거라던 라페이의 예상과는 다른 전개였다.

"우린 풀죽신교입니다. 전투에서 패배할 수는 있지만 마음마저 꺾이진 않아요."

"풀죽, 풀죽, 풀죽, 풀죽!"

북부 유저들의 항전은 매일 밤낮을 가리지 않을 만큼 끈질겼다.

위드는 아르펜 왕국의 국왕으로서 그동안 유저들의 마음을 사로잡아 왔다.

불가사의한 모험과 훌륭한 통치.

이 모든 것들이 훗날의 막대한 세금 수입을 위한 것이었지만 그로 인해 유저들은 아르펜 왕국을 진심으로 아꼈다.

그래도 전투에서는 하벤 제국의 터무니없을 정도로 막강한 화력 앞에 근본적으로 접근조차 하지 못하거나, 별다른 피해를 입히지도 못하는 경우가 대부분이었다.

마법 방어막, 생명력과 방어력이 높은 워리어 전사들의 배치로 인하여 어중간한 공격으로는 하벤 제국군을 죽일 수가 없다.

병사들이 조금씩 줄어들기는 해도, 전체적으로는 무시해도 될 정도였다. 하벤 제국군 병사가 약간 감소하더라도 전체적으로 보면 전쟁의 승리로 많은 경험치를 얻어서 전력이 보충되기도 하였던 것이다.

일반 병사와 전쟁으로 단련된 정예 병사들의 전력은 하늘과 땅 차이!

훈련으로는 성장시킬 수 없는 사기의 최대치, 병과별 능력, 레벨도 빨리 올라갔다.

"놈들을 막으려면 방법을 다양하게 해야 될 겁니다."

"약점을 찾아냅시다. 그리고 우리의 것을 지킵시다."

풀죽신교의 고위층, 북부의 고레벨 유저들은 여전히 무모한 전투를 벌이면서도 조금 다른 각도로 머리를 쓰기 시작했다. 인해전술로 몰아붙이는 방식으로는 한계가 있다는 걸 점점 깨달은 것이다.

아무리 돌격해도 하벤 제국의 공격에 이기지 못해 5만, 10만씩 그냥 떼죽음을 당하고 박살이 나 버린다.

작전은 철저히 놈들의 허점을 노리는 것이어야 했다.

그리고 로열 로드의 유저들 중에는 현실에서 다양한 경력을 가진 이들이 있었다. 라페이와 참모진의 전략과 전술이 뛰어나다고 해도, 북부의 유저들 역시 그들의 움직임을 이해하고 있었다.

"놈들의 전력은 잘 뭉쳐 있습니다. 하지만 우리가 계속 공격한다면 놈들은 병력을 분산시켜서 북부를 빠르게 점령하지 못합니다. 정복을 상당히 지연시킬 수가 있는 것이죠."

모라타의 광장에서 하사관 출신 유저가 자신 있게 외쳤다.

하벤 제국 놈들이 영악하게 싸운다면 이쪽도 그런 식으로 대응을 해 주어야 할 게 아닌가.

"바르고 성채 쪽으로 오는 양동부대를 막아야 합니다. 어느 한쪽이든 놓치면 북부의 주요 도시들, 심장부가 파괴됩니다."

"우리에게는 아직 없는 것이 많아요. 유저들은 많은 반면에 광산들은 개발이 덜 되어서 빈 땅으로 남아 있고, 대장간도 부족합니다. 전투에 지고 나서 무기와 방어구를 잃어버리는 것도 큰 손실입니다. 그걸 회수할 수 있는 방안도 마련해 봅시다."

"만일의 사태를 대비하여 대장장이들은 미리 피신시킵시다. 그리고 우리도 병과를 나누어서 조직적으로 대응합시다."

사관학교를 졸업하고 군 복무를 마친 대위들도 나섰다.

"지형적으로 볼 때 모라타로 향할 놈들의 진군로에 맞서서 가장 큰 피해를 입히고 시간을 끌 수 있는 장소는 여덟 곳 정도가 있습니다. 요새들이 있으면 막기에 조금은 수월할 텐데… 아쉽지만 지금은 어쩔 수 없죠."

그러자 모여 있던 유저들이 무슨 말이냐는 듯이 떠들었다.

"요새가 필요하면 만들면 되죠!"

"왜 벌써 포기하세요. 우리에게 남는 건 사람뿐입니다!"

하벤 제국이 침공해 옴에 따라 던전 사냥, 퀘스트, 원정을 떠났던 북부의 유저들이 모조리 도시로 귀환하고 있었다.

"풀죽신교 참깨죽 아탈, 지금 도착했습니다."

"흑임자죽 후속 부대 결성 중입니다. 소속 부대원들은 어서 오세요."

"죽순죽 부대, 우리는 약해서 방해되니 전투에 직접 나서지 말고 어떠한 방식으로든 지원을 하도록 해요."

현재 하벤 제국과 맞서 싸우고 있는 1진이 아니라 새로운 2진, 3진의 부대였다.

북부 유저 전체가 하벤 제국에 저항하려는 움직임을 보이고 있기 때문에 사람이 필요하다면 광장에서 외치기만 하면 되었다.

"그렇다면 건축가들은 요새를 축성하고, 방어 시설들도 설치합시다."

"놈들이 계속 진군해 오고 있는데 유저들을 설득해서 작업하는 게 가능할까요?"

"설득은 무슨! 간단히 성벽만 높게 쌓은 요새 정도야 하루면 끝이죠! 피라미드 건설을 할 때 하루에 나른 돌만 해도 50개는 된다고요!"

국왕 위드를 따라서 노가다에는 특화되어 있는 북부의 유저들!

그들은 곧바로 방어를 위한 요새 건축에 들어갔다. 말들의 진군을 까다롭게 하기 위해 유리 조각과 쇠못도 넓게 뿌려 놓았다.

전투가 끝나고 나면 회수에 어려움이 따르는 물건이지만, 초보들에게 가져오면 1쿠퍼씩 준다고만 해도 산처럼 쌓이는 거야 눈 깜짝할 순간!

저렴한 양질의 노동력이야말로 북부의 원동력과도 같다.

군인 출신 유저들이 전술적인 활동을 하면서, 하벤 제국의 침공에 맞서 북부 대륙 전체의 지형을 고려한 체계적인 방어 계획들이 잡혔다.

"이걸로도 이기지는 못합니다. 진군을 조금 느리게 하는 정도이지 병력 배치를 완벽하게 하고 우리 쪽에서 강자들이 나서더라도, 하벤 제국에는 부족해요."

"레벨 300~400대 분들이 군대를 이루어서 싸워 준다면요?"

"모르는 사람끼리 군대로 뭉치더라도 NPC로 구성된 병력보다 잘 싸우란 법은 없습니다. 전쟁은 그런 거니까요. 그리고 저들이 차근차근 진군하지 않고 우리를 상대로 본격적으로 전술적인 움직임을 보이면 어떻게 될지 모릅니다."

"계속 덤벼들어서 전력을 약화시키고, 결정적인 큰 실수를 하지 않는 이상에는……."

"얼마나 버틸 수 있을까요. 일주일? 1달?"

"모라타가 파괴되면, 그리고 궁전이 날아가면 왕국 전체에 미치는 파장이 아주 클 겁니다."

"유저들이 계속 싸우려고 하더라도 그게 우리의 가장 큰 약점이지요."

모라타는 상징적인 의미도 있지만 북부 전체의 생산과 상업, 종교, 모험을 위한 기반 시설들이 채워져 있어 중요하다. 부근 일대의 곡물 생산지와, 교통의 요지인 모라타가 잿더미로 변한다면 북부 전체에 마비 현상이 일어나게 된다.

하벤 제국군도 일차 목표를 대지의 궁전과 모라타로 삼고 있을 것이다.

"모든 계획은 모라타를 중심으로 짜여야 합니다. 매일 북부 유저들 몇백만 명이 죽더라도 지키지 않으면 안 될 도시입니다."

"왕궁은, 만약 부서진다면 다시 지읍시다. 그러나 모라타만은 지켜야 됩니다. 최소한 위드 님이 돌아오기 전까지는요."

"그가 돌아온다고 뭐가 바뀔 수 있을까요?"

"모르죠. 하지만 그가 나타나기 전까지는 패배하더라도 진 것이 아닐 겁니다. 전쟁의 신 위드가 우리의 뒤에 남아 있다는 희망이 있으니까요. 하벤 제국도 위드가 퀘스트를 성공시키는 것이 두려워서 지금 공격해 온 것 아닙니까?"

"하벤 제국은 확실히 강합니다. 그러나 북부가 우리 유저들의 손에 의해서 지켜지지 않고 한 영웅을 기다린다는 점은 마음에 들지 않는군요."

"받아들입시다. 우리가 이렇게 북부에 모인 것도 위드라는 사람이 없었다면 불가능했던 것 아닙니까. 지금은 위드가 북부이고 희망입니다. 그리고 우리가 할 일은, 그가 돌아올 때까지 버티면서 하벤 제국을 약화시켜 놓는 것입니다."

풀죽신교 전쟁지휘센터는 정식으로 지위를 갖춰서 구성된 조직이 아니었다. 레벨을 떠나서, 전투 지휘에 자신이 있는 이들 100여 명이 모여서 끊임없는 토의를 통해 방어 계획을 세웠다.

그 실행 계획들은 즉각 북부의 유저들에게 전해졌다. 강제력을 가진 명령이 아님에도, 유저들은 자발적으로 따랐다.

"건축가님이 그러는데, 강이 있는 곳까지 성벽을 20미터 정도는 쌓아야 한대."

"하루 동안?"

"응."

"시간이 남아도네. 20미터는 낮으니까 40미터로 쭉 둘러 버리자."

그리고 도시에서는 하벤 제국을 막기 위한 전투부대도 계속 결성되었다.

"새벽 순교를 위해 출정할 전투부대는 이쪽으로 모이세요."

"아침 무렵에 공격하실 분들 구합니다. 선착순 100만 명

입니다."

 북부 유저들의 규모는 측정하기가 어렵지만, 잠깐씩이라도 접속해서 활동하는 사람들까지 포함한다면 수천만 명에 이른다고 보는 것이 일반적이었다.

 대부분 로열 로드의 초보자가 모여들고 있었기에 가능한 인원수!

 그들 중 70% 이상은 북부에서 시작했고, 심지어 천만 명가량은 모라타 주변을 벗어나 본 적도 없는 완전 초보!

 이번에 전쟁을 하러 가는 것이 먼 길을 나서는 첫 여행인 사람도 많았다.

 그리고 열띤 토론이 벌어지고 있는 북부의 전투지휘소에, 백발의 노인 1명이 방문을 했다.

 그는 레벨 150 정도의 전사들이 주로 착용하는 허름한 장비를 입고 있었다.

 분위기가 자유로운 북부에서는 상대의 복장이나 레벨을 가지고 함부로 무시하지는 않는다. 오히려 착용한 장비가 너무 흔한 제품들이라 신경을 쓰지 않았는데, 몇 사람이 노인의 얼굴을 보고는 화들짝 놀랐다.

 "헉! 참모총장님!"

 10여 년 전 명예롭게 퇴임한 대한민국 참모총장의 방문!

 북부에는 한국만이 아니라 여러 국가의 유저들이 있었다. 각국의 노인들이 매일 전투지휘소로 찾아왔는데, 그들 중에는 전직 항공모함 함장, 공군 사령관, 국방장관 등 고위직들이 즐비했다.
"흘흘, 이 나이가 되어서 자유를 위해서 싸우게 되다니 영광이구만."
"제국을 상대로 하다니 피가 끓어오르는데."
"우리가 약하긴 하지만 제대로 한번 붙어 볼까? 여기 게릴라전 전문이었던 사람 없나?"
"특수전 사령관 아이 하나 내가 불러오도록 하지. 퇴임한 지 1년도 안 되어서 쓸 만할 게야."
"특수부대 애들과 정보국 애들도 데려오도록 하자고."
"보급은 군수지원단 애들 부르면 해결되겠군."
상상을 뛰어넘는 자발적인 참여로 인해, 북부가 인해전술의 한계를 넘어 진정한 전시체제로 재편되고 있었다. 이 또한 라페이의 예상을 완전히 뒤엎는 것이었다.
물론 그들이 어떤 계획을 세우고 움직인다고 하더라도 대다수가 초보 유저들이기 때문에 전력상 큰 변화는 없었다. 강대한 하벤 제국군을 상대하기에, 초보 유저들은 그저 인원 숫자만 채워 줄 뿐 오히려 약점이 되고 있었기 때문이다.

중앙 대륙의 풀죽신교 지부들!

그들은 하벤 제국의 통치로 인해서 떳떳하게 드러내 놓고 다니지는 못하는 처지였다.

"북쪽의 형제들이 졌다는군."

"싸워 보면 알게 되지. 놈들이 보통 센 게 아니니까 말이야."

"저항을 한다니, 재미는 있었겠어."

중앙 대륙에서는 풀죽신교가 할 일이 마땅히 많지가 않았다.

하벤 제국의 치안 상태는, 부분적으로 불안정한 지역은 있었지만 대도시 부근에서는 정식 저항군이 크게 세력을 떨치지 못했다. 중요한 거점과 요새마다 제국군이 주둔하여 반란을 방지하였고, 일정 규모 이상 유저들이 뭉쳐서 세력을 갖추려고 하면 군대를 근처로 이동시켜서 싸우지도 않고 그 불온한 싹을 일찌감치 도려내 버린다.

예전 각 왕국의 수도와 중앙 분수대에는 황제 바드레이의 조각상, 총독 관청 등의 통치를 위한 건물들도 속속 올라가고 있다.

몰락한 왕국의 주민들도, 일어나지 못하도록 적당히 눌렀다.

기존의 중앙 대륙 영주들은 그저 세금을 거둬들여서 전쟁에만 쏟아부었다.

싸워서 승리를 거두면 대박, 패배한다면 몰락!

하벤 제국은 무엇보다도 헤르메스 길드를 기반으로 뭉친

유저들이 강하였지만, 장기적인 내정에서도 탁월한 면모를 보였다.

치안이 좋은 지역은 생산과 무역의 거점으로 양성하고, 불안한 지역은 군대를 주둔시키고 병사 훈련장을 만든다. 요충지에는 상업 시설, 문화 건물을 짓고 세금 감면의 혜택을 주면서 주민들의 충성도를 높였다.

하지만 도저히 거두어들이기가 까다로운 지역은 과감하게 배제한다. 일부러 도시를 파괴해 버리거나 주민들의 강제 이주, 혹은 그냥 식량의 공급을 끊어 버리고 굶어 죽도록 방치해 둔다.

통치를 위하여 공포와 채찍을 적당히 이용하면서 넓은 제국의 영토가 최소한의 차질로 굴러 돌아가게 했다.

원래 정복 작업이란 유저들은 둘째 치고 주민들의 저항을 많이 받기 마련인데, 중앙 대륙을 통일하고 나서도 아슬아슬하게 균형을 유지하면서 크게 곤란을 겪지 않는 것만 봐도 칭찬과 감탄을 할 만했다.

겉으로 드러난 것이 10 정도라면 실제 하벤 제국의 통치는 100에 가까울 정도로 세련된 것이었다.

초반에 하벤 제국에 점령된 칼라모르 왕국!

주기적으로 크고 작은 저항군이 날뛰면서 하벤 제국을 성가시게 했다. 그러자 하벤 제국에서는 감시와 통제를 소홀히 하는 척하여 헤르메스 길드를 싫어하는 유저들을 그곳으로 모이게 하고 군대를 투입해서 사소한 사고 외에는 일으키지 못하게 조절했다.

반대자들에게 약간의 희망을 주면서 결국 아무것도 못하게 하는 전술!

산적왕 스타이너처럼 걸출한 유저도 나타났지만 하벤 제국의 통치는 대세로 흘러가고 있었다.

약간씩이라도 물러나다 보면 결국 하벤 제국의 지배는 공고해진다. 중앙 대륙의 수많은 유저들은 상황이 어찌할 수 없을 정도로 돌아가는 것을 보며 체념을 하고 받아들였다.

헤르메스 길드에서는 무수히 많은 노력과 준비를 해서 더 빨리 중앙 대륙을 통일하고 베르사 대륙도 정복할 수 있을 정도의 저력이 있었다.

그들에게 저항했던 반헤르메스 길드 연합군이 어떻게 패배했는지를 돌아보면 명확해진다.

명문 길드들끼리의 분쟁을 거쳐서 서로의 힘이 빠지기를 기다려 단숨에 점령하기 위한 의도도 있었겠지만, 그것을 떠나 하벤 제국의 내실을 키우기 위해서였다. 어설픈 힘으로 대륙을 통일한다면 끝없는 혼란기에 접어들게 될 테니.

도시계획이나 후속 병력 배치 등을 보면 정복 이후까지도 대비하고 있었음이 틀림없다는 정황이 속속 나왔다.

최근에는 하벤 제국을 곤란하게 하던 엠비뉴 교단의 세력까지도 싹 사라지게 됨으로써 지배 체제는 더할 나위 없이 확고해졌다.

중앙 대륙 정복 후에 약간이나마 아슬아슬했던 균형점이 안정으로 확 기운 것이다.

중앙 대륙의 풀죽신교 지부는 딱히 어떠한 활동도 하지 못하고 지켜보고만 있는 중이었다.

"여기에 있어 봐야 할 일도 없고……."

"사냥하러 갈 건가?"

"몰라. 그냥 북부로 가서 구경이나 해 볼까?"

"그곳은 뭐하러?"

"하벤 제국 놈들에게 다 파괴되기 전에라도 보고 싶은 거지. 전투도 가까이에서 구경하고 말이야."

"우리가 도착하기도 전에 끝나 버릴지 모르는데……. 어쨌건, 그런 이유라면 나도 같이 가지."

중앙 대륙의 유저들도 북부로 움직이기 시작했다.

갓 시작한 초보들도 몇 명 있었지만, 300대나 400대의 고레벨들도 상당했다.

그들이 정말 전투를 구경만 할지는 두고 볼 일이었다.

이름 없는 영웅들!

"하벤 제국이 계속 설치는 게 영 거슬리는군."

"북부까지도 오다니 좀 지겨운데."

로열 로드에서 누군가와 섞이지 않고 혼자 사냥을 하는 유저들은 매우 많았다. 다크 게이머들처럼 돈을 목적으로 하는 경우도 있고, 직장인이나 자영업자처럼 시간이 없어서 그러는 이들도 있다.

하지만 어쨌든 혼자 다니는 까닭 중에 상당수를 차지하는 건, 바로 성격이 더러워서!

광장에서 급히 구한 파티의 경우, 그날의 운에 따라서 레벨이 높더라도 실수를 연발하여 파티 전체를 위기에 빠뜨리는 동료를 만나게 되는 일이 비일비재하게 일어난다. 또한 좋은 아이템이 나오면 서로 가지려고 분쟁이 일어나는 것도 다반사다.

그럼에도 파티 사냥을 즐기고 새로운 친구를 사귀는 걸 재미로 아는 유저들도 많지만, 성격이 더러우면 화가 나서 그 꼴을 참지 못하고 날뛰게 되는 법이다. 로열 로드에서 동료를 잘못 만나서 억울하게 죽으면 그 손해는 정말 크기 때문이다.

더러운 꼴 보며 욕하고 싸우다가 제대로 사냥도 못 하고 접속을 종료하느니, 차라리 어렵더라도 혼자서 부딪치다 보면 극복해 나가는 재미를 누릴 수도 있다.

게다가 고생 끝에 몬스터를 쓰러뜨리고 던전을 털면 전리품은 혼자 몽땅 다 갖게 된다.

파티 사냥에서는 서로 가고 싶은 장소가 다르거나 선호하는 몬스터가 달라서 의견 대립이 벌어지기도 하지만 혼자 다니면 그런 시간 낭비도 없다.

　효율의 극대화, 직업에 따라서는 특정 스킬들을 위주로 성장하면 나중에 레벨이 높아진 후에는 파티 사냥에 부적합해지기도 한다. 맷집을 키운 궁수, 특별히 빨리 달리는 스킬을 얻은 전사라면 여럿이서 함께하는 파티 사냥에서는 별 도움이 안 되기도 했으니까.

　'아무튼 난 친구는 없으니까. 평생 혼자서 살아야지.'

　'여자 친구? 흐음… 아마 나한테도 생기겠지. 나중에 돈 많이 벌어 놓고 나이 먹어서 양로원에 들어가게 되면…….'

　나이는 젊지만 여자 친구도 없는 부류도 세상에는 아주 많았다.

　실제 현실에서도 여자 친구가 없어서 만날 일도 없다 보니 로열 로드를 할 시간은 충분하다.

　그렇게 혼자 다니면서 사냥과 모험을 하다가 중앙 대륙이 번잡해지면서 북부로 넘어온 유저들이 아주 많았다.

　모험을 성공시키면 주민들의 입에서나 가끔 거론되는 이름 없는 유저들!

　레벨이나 모험의 성과를 중요하게 여기면서 나름의 방식으로 로열 로드를 즐긴다.

　그렇기에 그들의 특성은 대체로 높은 스킬이나 레벨이다.

"전투 구경이나 가 볼까."

"오랜만에 전쟁에 끼어 보는 것도 괜찮겠지. 중앙 대륙에서처럼 용병으로 활약하며 돈을 벌긴 힘들겠지만……."

"원래 난 하벤 제국을 싫어하니까."

"풀죽신교에는 예쁜 여자들이 많다는데. 혹시 나에게도 말이라도 걸어 줄지 몰라."

그렇게 북부에서 혼자서 활약하던 유저들도 모이고 있었다.

검삼치가 손바닥을 비비며 아부를 했다.

"과연 스승님의 혜안은 탁월하십니다."

아부 경쟁에 있어서만큼은 검사치도 질 수가 없었다.

"전투의 승패를 예측하다니, 천기를 읽으신다고 해야 될 정도 아닙니까?"

검치는 북부의 유저들과 하벤 제국의 싸움이 어떻게 결론 나게 될지 이미 예측한 바가 있었다.

북부 유저들의 일방적인 패배!

그 예견은 말 그대로 이루어지고 말았다.

"비결이 무엇입니까, 스승님!"

검오치가 진심으로 존경한다는 표정으로 말했다.

무서운 게 없고 눈에 보이는 것도 없던, 철모르던 10대 시절. 검치에게 검술을 배우다가 겁 없이 덥고 짜증이 나서 이까짓 것 안 배운다고 큰소리를 쳤다가 염라대왕에게 이름 세 자 중에 두 글자까지 알려 줄 정도로 맞은 이후로 검오치에게 아부는 삶 그 자체가 되었다.

 검치는 멀리 능선 너머 하벤 제국군을 보며 당연하다는 듯이 말했다.

"사람은 누울 자리를 보고 연장을 휘둘러야 하는 법이다."
"아, 과연!"
"놀랍습니다, 스승님!"

 수십 년 인생의 역경이 담겨 있는 명언에 제자들은 깊이 감동했다.

"그런데 언제까지 지켜보기만 하실 것입니까?"
"구경은 충분히 했으니 슬슬 몸을 풀어 보자꾸나. 저 오만한 놈들에게 세상의 쓴맛을 보여 주어야지."
"즉시 연장을 챙기겠습니다."

 사범들과 수련생들은 연장을 항상 몸 가까이에 두고 있었다.

 무수히 다양한 종류의 검들을 비롯하여 도끼, 철퇴, 낫, 망치, 활.

 전원 무기술을 익혔기에 사용하는 무기도 아주 다양했다.

 검둘치는 전투라면 고기를 먹다가도 자리에서 벌떡 일어

날 정도로 신이 났지만 도장을 책임질 후계자로서 뒷수습에도 신경을 쓰지 않을 수 없는 입장이었다. 자신과 수련생들이 약한 건 아니지만 저 막강한 하벤 제국의 군대에 맞서 싸워서 이길 수 있을 거란 생각은 도저히 들지 않았다.

"근데 지난번에 우리가 나선다고 해도 못 이길 거라고 하지 않으셨습니까? 하벤 제국 놈들을 다 합치면 300만이 넘는다는데요."

"어렵겠지. 힘들겠지. 그러나 이런 큰 싸움을 놓칠 수도 없는 법. 그리고 적들이 강하고 많으니까 싸울 맛도 더 나지 않느냐?"

"물론입니다!"

큰형님처럼 듬직하고 차분하던 검둘치와 검삼치, 사범들의 눈이 뜨겁게 빛났다.

로열 로드는 그들이 즐기면서 전투를 경험하는 장소였다.

실제 현실에서의 검술에 직접적으로 아주 크게 도움은 되지 않지만 상당한 자극과 흥미를 느끼게 한다. 죽음을 두려워하지 않는 마음만큼은 여전히 변함이 없지만, 강한 적이 나타나니 투쟁심이 들끓었다.

'박살을 내 주겠어.'

'전치 800주 정도로 두들겨 패 줘야지.'

'숨도 못 쉴 정도로 때리고 밟아 줄 거야.'

각오를 단단히 다지니 하벤 제국군이 막강한 것이 오히려 반갑다.

남자가 검을 뽑으면 그 정도의 적을 향해서는 휘둘러야 할 게 아닌가.

근육으로나 전투력으로나 영화 〈300〉을 능가하는, 〈505〉의 탄생이었다.

"취이익!"

바르고 성채에 있는 오크들은 온통 불만투성이였다.

"내 자식들은 너무 많다, 취칫. 도대체 우리 가족은 몇 명인가, 취이익!"

오크 수컷들은 암컷들을 향하여 불만을 표시했다.

보통 부족 내에서 영향력을 쥐고 있는 암컷들 역시 기가 센 편이라 조금도 지려고 하지 않았다.

"어제 일곱, 오늘 아홉 낳았다, 취치칙! 가족이 그 정도는 되어야 북적이고 좋지 않은가, 취칙!"

"먹여 살리기 힘들다, 취잇!"

"움막에서 노니까 그렇지! 나가서 사냥이나 해 와라, 취춰!"

북부의 오크들은 숫자가 기하급수적으로 늘어났다. 하루가 지나면 새끼 오크들이 줄줄이 태어나서 마을에서 연애를 한다.

"너 맘에 든다, 취췻."

"예쁘단 말 자주 들었다, 취익!"

"엉덩이가 정말 크다. 춰, 춰!"

새끼 오크들은 금방 데이트를 하고 결혼을 하고, 또다시 자식을 출산한다.

그 새끼들은 또다시 아이들을 낳는 무한 반복!

열 쌍의 오크 커플이 있다면, 3개월이 지나면 도무지 몇 마리로 늘어나게 될지 짐작을 할 수가 없는 것이 오크들의 특성이었다.

초창기에 바다를 건너와서 정착한 오크들은 금방 영역을 확대해 갔다. 대부분 바르고 성채 부근에 정착한 탓에 몬스터와 싸우면서 죽어 갔기에 망정이지, 그렇지 않았다면 날뛰는 오크들로 인해 숲과 산에 동물과 몬스터의 씨가 말랐을 것이다.

몬스터에게 그렇게 죽고도 끈질기게 세를 확대해 나가, 현재 바르고 성채는 북부 오크들의 수도로 부르더라도 어색하지 않을 정도였다.

—오크가 그렇게 재밌다던데요. 일반적인 게임과는 전혀 다른 맛을 느낄 수 있다는데.

—오크 6개월 한 경험자로서 말씀드립니다. 가족들을 보면서 가장으로서의 행복을 경험할 수 있죠. 첫 새끼 오크를 보는 흥분은 말

도 못 해요. 가족들을 늘려 가는 플레이가 중심이 되니까요.

-그 이후로는 아침, 점심, 저녁으로 새끼 오크들이 태어난다는 것이 함정!

-부모님의 마음을 이제야 이해하겠어요. 부양가족들을 책임져야 하는 그 무거운 어깨를······.

-오크 가족들을 데리고 사냥에 나서서 새끼들을 전사로, 투사로 키워 가는 맛만 할까요? 인간들에게는 명예나 친밀도가 중요하지만 오크들은 그런 거 없습니다. 한가족이면 무조건 한편이죠. 배신? 오크들한테 그런 건 있을 수가 없어요. 여러 직업을 선택하지 못한다는 단점은 있지만 스트레스 해소에는 최강의 종족이라니까요.

-신중하게 느릿느릿 모험하고 사냥해서 언제 성장합니까? 그냥 싸우고 보는 거죠. 오크들이야 또 낳으면 되는 거고······.

-오크들은 집에 숟가락만 100벌씩 놔둔다는데, 정말인가요?

-고작 그거면, 하루 설거지 안 하면 싸움 날 정도?

오크 종족을 선택할 수 있게 된 지 얼마 되지도 않았건만 오크 유저는 이제 무시할 수 없을 정도로 늘었다.

곱상한 엘프, 과격한 바바리안과는 다르게 활기찬 오크 마을만의 분위기!

바르고 성채 주변은 오크들로 미어터질 정도였다. 조금 과장하자면, 가파른 절벽에서 떨어져도 바닥에 부딪쳐 죽는 게 아니라 다른 오크들에게 부딪칠 수준이었다.

그리고 오크들은 산맥의 곳곳에 성채를 지어서 몬스터들

을 경계했다.

 북부에 정착을 할 때의 약속!

 ─ 북부 대륙을 위해, 그리고 다른 종족들을 위해서라도 몬스터들로부터 바르고 성채를 사수하라!

 바바리안, 엘프, 드워프가 교류를 하는 바르고 성채는 오크들이 지킨다. 드워프들은 기꺼이 오크 성채들을 보수해 주어서, 상상을 초월하는 강한 몬스터가 나타나더라도 쉽게 함락되지 않도록 도움을 줬다.

 그리고 넓은 세상을 경험하고 싶은 오크들은 가족들과 부족들을 거느리고 등과 어깨에 식량을 이고 지고 떠난다.

 얼마 멀리 떨어진 지역까지 가지도 못하고 간신히 목숨만 건져서 돌아오기도 하였지만, 아무 소식이 없으면 대충 잘 살고 있을 확률이 높았다.

 오크 몇 마리만 확실하게 터전을 다지더라도 무리를 불리는 것은 금방이었으니까.

 북부의 상인들과 농부들은 일찍부터 오크들에게 눈독을 들였다.

 "경제 규모는 즉 인구를 바탕으로 하는 거야. 미래의 오크들이란……! 식량 팝니다. 진짜 원가에 팔아요! 하나도 안 남기고 팝니다."

"잘 키운 오크 하나 열 마을 안 부럽다고 했지. 이 녀석들이 번식만 잘해 주면 농작물 지키는 데에는 최고의 수문장이 되어 줄 거야."

상인들은 고정 고객을 늘리기 위해, 그리고 농부들은 위험한 지역에서 농사를 짓기 위해서 새끼 오크들을 데리고 갔다.

상인들은 오크 마을에 정말 원가로 식료품을 공급했다. 실제로 남는 것은 없지만 며칠 뒤면 이미 동이 나 있어서 추가로 더 많이 팔 수 있었다.

대신에 오크들에게 얻는 것은 사냥의 전리품들. 이른바 잡템 장사를 대량으로 하면서 짭짤한 수익을 거두었다. 잡템 장사 전문 상인이라고 해도 무시할 수 없는 것이, 대상인들도 다들 한번씩 거쳐 간 길이다.

새로운 땅을 개척하여 농사를 지어 곡식을 팔려던 농부들의 목적은, 어느새 오크들을 먹일 식량을 만드는 것으로 바뀌었다. 땅을 일구어서 곡식을 심고 수확을 하면 무엇하겠는가. 보초병으로 데려온 오크 가족이 무려 4,000마리로 늘어 버리고 말았는데.

"취이익!"

"췻!"

새끼 오크들이 줄줄 따라다니면서 배고프다고 아우성을 쳤다.

농부로서의 사명감! 최소한 눈앞에서 굶어 죽는 이를 볼

수는 없다는 불타는 사명감에 이기지 못해 결국 수확한 곡식들을 모조리 오크들에게 베풀었다.

"취췩, 우리 신세 졌다. 갚아야 된다."

다행히 오크들은 은혜를 알았다. 농부를 위하여 두 팔 걷고 나서서 전투도 하고, 필요한 것들도 구해다 줬다.

먼 옛날 베르사 대륙의 역사에서 오크들은 인간만큼이나 세력을 떨치던 종족이었다. 그들은 넓은 땅에 흩어져서 살았고, 강한 무력과 집단의 힘으로 몬스터 무리를 물리쳤다.

자유롭던 그들이지만, 어떤 안 좋은 사건들이 연속으로 생기면서 종족의 숫자가 많이 감소하였다.

하지만 현재 오크들은 다시 과거의 영광을 되돌릴 수 있을 정도로 빠르게 늘어 가고 있었다. 그리고 북부는 오크들이 살아가기에는 최적의 장소였다.

풍부한 식량과 강한 몬스터.

위드는 대륙을 떠돌면서 네 종족이 화목하게 살았던 신화 속의 도시 라체부르그와 오크 도시 투사의 불꽃에도 방문하고 건축물들을 감상했다.

국왕인 위드가 오크들을 위한 건물을 알고 있기 때문에 아르펜 왕국에는 그에 연관된 건물들이 쉽게 세워질 수 있었다. 돌을 다룰 줄 아는 약간의 기술력과 오크들의 숫자만 받쳐 주면 관련 시설들은 마구 건축되는 것이다.

물론 오크들을 위한 건물만은 아니었다. 지역마다 드워

프, 엘프, 인간을 위한 건축물들도 다양하게 세워졌다.
 둥! 둥! 둥!
 모험가 란스터가 구해 온 유물 '헤취의 북'.
 오크들이 중요하게 여기는 장소에 설치해 놓았다가 위험에 처하면 두들길 수 있었다. 그러면 인근에 있는 오크 샤먼들을 통해 텔레파시처럼 모든 오크들에게 전달된다.
 "취췻, 누군가 우리를 공격한다."
 "내가 태어났던 장소가, 취취취췩! 위험하다."
 "맛있는 음식과 암컷들이 있는 곳… 취익! 근데 거기가 어디였지? 취췻!"
 북부의 오크 전사들이 짐을 싸서 움직이기 시작했다.
 각 오크 성채들마다 나름 정예들로만 구성해서 바르고 성채를 구하기 위한 병력을 보냈다.
 그다음 날도 보냈다.
 그다음 날도, 그다음 날도…….

대제왕 위드의 유언

"더 빨리 움직여라!"

"앉아 있는 자들은 그대로 목을 칠 것이다."

"채찍을 맞아야 더 빨리 움직일 수 있다는 걸 안다. 르오커의 채찍 맛을 볼 테냐!"

위드는 하늘로 오르는 탑에서 파수꾼들이 뭐라고 하든 느긋하게 바위를 운반했다.

노가다를 하면서는 마음가짐과 행동이 중요하다. 불필요하게 너무 설칠 필요도 없고, 그렇다고 굼뜨게 행동해서 시선을 끌어서도 안 된다.

주변의 인부들과 움직이는 속도를 맞추면서도 눈빛에는 적당히 힘이 있는 것처럼 보여 줘서 열심히 최선을 다하고 있다는 인상을 심어 줘야 한다. 숨을 약간 가쁘게 몰아쉬면서 부지런하고 성실한 얼굴 표정까지 지어 주는 건 필수였으니, 노가다를 하면서 눈치를 보는 것이야말로 종합 예술의 정점!

우월한 스탯으로 피곤함은 몰랐지만, 놈들에게 도움을 주는 행위이다 보니 유쾌하진 않다.

로열 로드에서는 대부분의 노예들이 보통의 인간보다 체력이 훨씬 좋기 때문에 바위를 짊어지고 계단을 오르는 것도 상당히 빨랐다.

몇 시간에 걸쳐서 지루하게 계단을 오르면서 가질 수 있는 위안이라고 해 봐야 가끔 창밖을 내다보는 것뿐이었다.

땅이 점점 멀어지고 하늘이 가까워진다.

경치가 확 트이는 그 쾌감!

땀을 실컷 흘리고 나면 개운하기까지 했다.

"음, 너는 어린 꼬마가 일을 상당히 잘하는구나. 훌륭하다."

"엠비뉴를 위한 일에 모범이 되어 주는군."

엠비뉴의 파수꾼들로부터 가끔 뜻하지 않은 칭찬도 받았다.

'아냐, 이러면 안 돼. 어느새 노가다에 적응을 해 버리고 있어.'

노가다를 시작하면 금방 정신이 멍해지면서 손발을 움직이며 일하게 된다.

멍청하게 있다 보면 어느새 하루가 지나가 버린 상태!

어릴 때에 인형 눈을 붙이고 벽돌을 날라서인지, 단순 반

복 노동을 대할 때에는 그 일이 천직처럼 느껴져서 빠져나오지 못하고 푹 빠져 허우적거리는 체질이었다.

 탑에서 끝이 없는 것만 같은 계단을 오르고 돌을 운반하는 일은 지겹고 답답하다. 다른 노예들의 몸에서 흐르는 땀으로 냄새마저도 최악.

 위드는 고개를 절레절레 저었다.

 '퀘스트를 진행하기 위해서라지만 오래 할 일은 아니야. 난 왜 하필 찾아도 이런 방법인 걸까.'

 돌덩이를 나르고 나서는 다시 내려오는 것도 귀찮았다.

 탑을 오르내리면서 자세히 살폈지만 벽에는 낙서만 가득했다.

 ―아들리안 여기서 죽다.

 ―배가 고프다. 움직일 힘이 없다. 크크. 이곳은 지옥이다.

 ―모두 죽어 가고 있다. 부모와 형제, 연인들 모두가 이 탑에서 일을 하다가 죽었다.

 ―아들리안 아직도 살아 있다. 난 언제 죽는 거지?

 딱히 정보라고 얻을 건 없었다.

드물게 인간과 유사한 종족들의 글도 남아 있었는데, 어떠한 의미를 가지고 있는지는 알 수 없었다.

모험가 혹은 마법사, 역사학자는 여러 종류의 언어를 습득할 수 있는데, 그것을 통해 다른 종족의 글자를 읽고 퀘스트를 얻거나 단서를 찾는 것이 가능하다. 조각사와 화가가 예술품을 통해서 과거에 있었던 일들을 본다면, 모험가들은 물건의 흔적을 통해서 전후 내역도 파악이 가능했다.

언어와 물품 감정, 추적의 달인들.

위드의 경우에는 악착같이 몸으로 때우고 눈치로 때려 맞혔지만, 모험가들은 그보다 신비로운 퀘스트를 진행하면서도 도중에 단서를 잃어버려서 헤매거나 끊어지는 경우를 줄이는 것이 가능했다.

그저 싸움만 잘하는 전사들이 막연히 퀘스트를 받고도 해결하지 못해 발만 동동 구르는 것에 비하면 훨씬 똑똑하고 섬세한 직업!

위드도 모험을 하면서 모험가들을 부러워했다.

'세상의 보물들을 몽땅 쓸어버렸을 텐데…….'

북부에서도 오랫동안 묻혀 있던 보물을 찾아낸 모험가들은 명성과 부를 얻을 수 있었다.

'하긴 내가 모험가를 했으면 삽자루 들고 맨날 무덤에서 도굴만 하고 있었겠지.'

위드는 탑을 오르면서도 구석구석 놓친 것이 있나 싶어 벽면과 천장, 계단 바닥을 계속 살폈다.

의미 없는 글귀들만 복잡하게 가득했다.

거의 마스터에 이르는 조각사로서 뛰어난 재주를 가졌지만, 이 탑에서는 예술품의 흔적도 찾지 못했다.

엠비뉴 교단은 하늘로 오르는 탑을 굳이 장식하려고 하지 않았고, 노예들도 원치 않는 강제 노동에 휘말려서 예술품을 새길 정신 따위는 없었을 테니 푸념과 원망 섞인 낙서밖에 남기지 않았다.

그렇게 며칠이란 시간이 지나갔다. 하늘로 오르는 탑은 계속 높아졌고, 별다른 특별한 일은 일어나지 않았다.

사실 탑의 외부에서 어떤 일이 벌어지고 있다고 하더라도 위드는 노가다를 하느라 바쁘니 모를 수도 있는 것이었다.

'뭔가 방법을 내야 돼.'

위드는 머릿속을 계속 움직였다.

돌덩어리를 나르는 일을 하다 보면 멍하니 생각이 멈춰 있기 쉽지만, 엠비뉴 교단을 막기 위해서도 시간이 얼마 남지 않았다. 로열 로드 내의 시간으로 불과 이삼일 사이에 엠비뉴 교단이 역사를 뒤바꿔 놓을 수도 있는 것이다.

'지금까지 성과는 거의 없고, 이대로 건설에만 도움을 주다가 일이 끝나는 건 아니겠지.'

탑 내부의 복잡한 구조에 대해서는 알 만큼 알았다.

30층 정도까지는 광신도들의 숙소와 훈련장, 광장이 자리잡고 있을 정도로 매 층마다 상당히 넓다. 상층부의 무게를 견딜 수 있도록 충분히 두껍고 단단하게 건설된 것이다.

 그 이후로는 점점 벽과 기둥이 가늘어지면서 하늘을 향하여 뻗어 나가는데, 마나를 흡수하여 건물의 무게를 감소시키는 특수한 제단 등을 만들기 위하여 계단이 뒤엉키거나 이상하게 이어져서 특정 층을 건너뛰기도 한다.

 파수꾼들과 엠비뉴의 기사들이 탑의 중간중간 요충지마다 배치되어 있지만, 좁은 계단과 통로의 특성상 무슨 일이 벌어지더라도 그들이 바로 달려오진 못할 것이다.

 탑은 정확히 총 1,000개의 층을 가지고 있었다.

 그 이후의 꼭대기부터는 계단만 세우고 있다.

 '어떻게 한다.'

 위드는 선택의 갈림길에 서 있었다.

 부하들, 혹은 아헬른과 자하브의 소식이 들릴 때까지 기다릴지, 아니면 혼자서라도 움직일 것인지, 혹은 조금 더 살펴보면서 계획을 세우고 대비를 하는 편이 나을지.

 목표가 탑의 붕괴만이 아니라 혼돈의 드래곤과 대사제 헤울러까지 이어져 있다 보니 만만치가 않다.

 대신전의 경우에는 낮과 밤을 가리지 않고 감시병들이 구석구석 전부 배치되어 있고 순찰까지 돌아다녔다. 때문에 내부로 잠입하여 정찰하는 건 불가능하지만, 탑의 높은 곳에 올라가면 밖으로 뚫린 창문을 통해 대신전의 내외부가 전부 보였다.

이곳이 대신전이기 때문에 극악의 기사단처럼 고위 성당 기사단과 사제들이 길가의 돌멩이처럼 많았다.

 고위 사제 1명만 하더라도 동료들이 가까이 있으면 전투력 상승효과가 엄청난데 여기에는 만 명 이상은 되어 보였다.

 적들의 배치와 규모. 퀘스트를 하는 데에 필수적인 정보는 어느 정도 얻었다.

 '인생 뭐 있어? 딱 내일 아침에는 거사를 일으킨다.'

 위드가 엠비뉴 교단을 막기 위해 떠나고 나서 서윤은 전쟁의 시대에 남아 있었다.

 들모래 요새의 공방전이 끝나고 아헬른을 만난 이후 그녀는 조각술 최후의 비기 퀘스트에서 맡은 역할을 다 하고 자유로워졌다.

 띠링!

```
-퀘스트를 마쳤습니다.
 성자 아헬른에 의하여 마족 소환의 의식은 중단되었습니다.
 힐데른의 모험을 성공적으로 수행한 당신의 행동은 이름 없는 영웅으로 길이 남을 것입니다.
 퀘스트에 대한 보상으로 지혜와 매력, 기품, 정신력이 25 오릅니다.
 모든 악명이 제거됩니다.
 평판이 최고가 됩니다.
 영광스러운 축복의 기운이 몸에 깃듭니다.
```

- 조각술 최후의 비기 퀘스트가 성공으로 완료된다면 추가적인 보상을 받을 수 있습니다.

영광스러운 축복의 기운 : 아헬른의 신성력에 의한 축복의 힘입니다. 160일간 유지되며, 그 기간 동안 신체의 능력이 강화되고 강력한 보호 능력을 가집니다.

 꽤 오랫동안 위드의 조각술 최후의 비기 퀘스트를 함께했던 것에 비한다면 그렇게 좋은 보상은 아니다. 하지만 중간중간 모험으로 스탯들이 다양하게 오르기는 했기에 원래의 세상으로 돌아가게 되면 도움이 될 것은 틀림없었다.
 '잘되어야 좋을 텐데…….'
 서윤은 위드와 모험을 하면서 도운 것만으로도 기쁘고 만족스러웠다.
 그리고, 누구도 모르게 아헬른과 이어진 퀘스트가 발생했다.

끝나지 않은 마족 소환 의식
흑마법사 챠크젤은 아직도 마족 소환의 미련을 버리지 못하였다. 그는 또 다른 희생양을 모으면서 마족이 가진 능력을 자신의 것으로 만들려고 한다.
힐데른에게 심긴 마족의 씨앗은 성자 아헬른의 신성력으로 잠들었지만, 완전히 제거하지는 못하였다.

"마족의 영혼은 지극히 어둡고 아주 끈질겨서 신성력으로도 쉽게 소멸되지 않지. 마족 소환의 의식이 치러지고 나서 상당한 시간이 흘렀으니 이미 그대의 생명과 완전히 하나가 되어, 그대의 몸에서 사라진 것은 아니오."

"제게서 마족이 깨어날 수도 있나요?"

"신의 권능을 접하였으니 마족의 영혼이 앞으로 함부로 행동하는 건 불가능하겠지. 마족의 영혼은 그대의 생명의 빛이 꺼지게 되면 지옥의 궁전으로 되돌아가게 될 것이오."

"다행이로군요."

"그대가 누군가와 싸움을 한다면 마족은 그대에게 어쩔 수 없이 힘을 전해 주겠지. 인간의 육체에서 살아가다가 갑작스러운 죽음을 경험하면 마족에게도 커다란 영혼의 충격이 뒤따르기 때문이라오."

마족의 힘은 잠들어 있지 않으며 피와 함께 깨어날 수 있다.
이 힘을 일깨워서 더 이상의 희생자가 생기지 않도록 챠크젤을 처형하여 죄의 대가를 치르게 하고 마족 소환의 의식도 중단하도록 하라.
퀘스트를 받아들이게 되면 신성력과 마족의 전투력을 일부 사용할 수 있습니다.
난이도 : 전쟁의 시대 역사 퀘스트
보상 : 전투 경험과 업적.
퀘스트 제한 : 사망 시 퀘스트 실패.
　　　　　원래의 세계로 돌아가게 됨.

서윤은 퀘스트를 받아들였다.

챠크젤을 놔두고 그냥 떠나가고 싶진 않았다.

위드가 죽이지 못했으니 자신이라도 죽이려는 마음!

그리하여 그녀는 알함드라 공작이 다스리는 레퍼런 성으

로 향했다. 챠크젤은 포르투의 국왕처럼 알함드라의 공작이라는 또 다른 높은 직위를 가진 제자를 이곳에 두고 있었다.

한밤중에 커다란 성문을 향해 걸어가는 서윤!

경비병들이 그녀를 발견하고는 창을 앞으로 내밀었다.

"누구냐. 허락받지 못한 자는 들어갈 수 없다."

"흐흐흐, 꼭 안으로 들어갈 필요는 없지. 노예 상인에게 팔아먹거나, 바깥에서 우리를 즐겁게 해 주면 되니까 말이야."

서윤은 힐데른의 역할을 하면서 생존을 위해 도망 다니고, 사막 지역에서는 용병 길드의 경영 수완으로 내조에 충실했다. 그녀가 광전사 출신으로서 너무 사나운 모습을 보일 때면 위드가 위축되고 움츠러들 수도 있기 때문이었다.

하지만 지금은 그녀를 억제할 수 있는 유일한 사람인 위드가 없다.

스르릉!

서윤은 길거리에서 주워 온 토막 난 장검을 번개처럼 뽑았다.

"아가씨, 우리를 기쁘게 해 주면 성안으로 들여보내 줄 수도… 커억!"

검은 은빛 호선을 그리면서 경비병을 베었다. 다음 순간 서윤은 경비병이 떨어뜨리는 창과 검을 양손에 하나씩 쥐었다.

―마족 스트랑제가 전투에 관심을 갖고 당신을 돕습니다.
현재 사용 가능한 마족의 전투력은 3% 정도입니다.
생명력과 체력의 최대치가 증가합니다.

"이런 건방진 계집이……."
"혼자서 겁도 없구나. 죽어라!"
경비병들은 곧바로 거친 욕설을 퍼부었다.
전쟁의 시대에는 성문을 지키는 경비병이라고 하더라도 규율이 엉망이었다.
그리고 이런 경우, 서윤은 쓸데없는 말다툼 따위는 벌이지 않았다.
검과 창이 살아 있는 것처럼 움직이면서 경비병들을 베고 찔렀다.
성문 부근은 어느새 초토화!

―레벨이 올랐습니다.

―레벨이 올랐습니다.

―레벨이 올랐습니다.

―레벨이 올랐습니다.

광전사로서 난투극을 자주 벌였던 그녀에게 경비병 대여섯 정도는 식후의 커피만큼이나 간단한 상대였다.

―마족 스트랑제가 당신의 전투 능력에 호감을 보이고 있습니다.
현재 사용 가능한 마족의 전투력은 4% 정도입니다.
마력을 쓸 수 있게 됩니다.
기초적인 흑마법을 습득하였습니다.
마나의 최대치가 증가합니다.

"……."

서윤은 경비병들이 떨어뜨린 전리품들을 주섬주섬 주웠다.

사실 전리품에 대해서는 여전히 미련이 없었지만, 사소한 잡템까지도 챙기는 위드를 보고 배운 습관이었다. 나중에 살림을 함부로 한다는 인식을 심어 주고 싶지는 않았던 것.

뎅뎅뎅!

비상을 알리는 타종 소리가 나면서 성문이 열리고 병력이 쏟아져 나왔다.

"너는 뭐 하는 계집이냐!"

"……."

서윤은 대답 없이 질풍처럼 그들을 향해 달리면서 베어 넘기기 시작했다.

위드처럼 싸우면서 혼잣말이나 불평을 하지는 않는다. 광전사답게 전투에 충실하며, 덤벼 오는 적은 전부 죽일 뿐!

레벨이 기분 좋게 끊임없이 오르며, 마족의 힘을 갈수록 더 많이 사용할 수 있게 되었다.

-마족 스트랑제는 만족스러워합니다.

-마족 스트랑제가 기쁨의 광소를 터트리고 있습니다.
 더 많은 마력을 획득했습니다.

-마족 스트랑제가 당신이 싸우는 모습에 또다시 기가 막힐 정도로 기뻐합니다.
 후견인으로서 존재하는 자신의 모습에, 꽤 재미있는 유희라면서 평안을 누리고 있습니다.

그렇게 알함드라의 공작 성을 혼자서 파괴!

챠크젤은 당시 자리를 비워서 그와는 만나지 못하였다.

"……."

"스승님께서는 마족이 남기고 간 물건을 찾기 위해서 크로티클 지역으로 떠나셨습니다. 제발 목숨만은……."

서윤은 알함드라의 공작을 살려 주었다.

그에게 회개할 기회를 주기 위해서는 아니었다.

일부러 후환을 남겨 두어서 전투를 계속할 수 있게 하려는 깊은 마음!

알함드라의 공작은 역시 뻔한 수작으로 어쌔신들과 기사단을 통해서 계속 습격을 가했고, 서윤은 그들을 모두 물리치면서 마족의 힘을 제대로 손에 넣었다.

그리고 챠크젤과의 격투에서도 간단히 격퇴!

"너는 고작해야 그때 그 여자아이일 뿐인데 어떻게…….

지금은 물러가지만 곧 돌아오리라."

 챠크젤은 도망쳤지만 그래도 서윤의 손바닥 위였다.

 그가 도주하는 장소를 계속 따라다니며 거점들을 파괴하면서 추격을 벌였다.

 그리고 엿새에 걸친 접전 끝에 챠크젤까지 사망!

 서윤은 퀘스트를 완수해 냈다.

> **끝나지 않은 마족 소환 의식 완료**
> 흑마법사 챠크젤은 사라졌습니다.
> 그의 덧없는 야망과 계획 역시 그의 죽음과 함께 다시는 되돌아오지 못할 깊은 곳에 묻히게 될 것입니다.

> −마족 전사의 전투 경험을 습득하셨습니다.
> 특별한 스탯 성장이 이루어집니다.
> 위험한 힘에 눈을 뜰 때, 당신 앞에 남아나는 적들은 있을 수 없을 것입니다.

> −전쟁의 시대에서 마족 소환의 비사를 해결하는 업적을 세웠습니다.
> 명성이 21,394 증가합니다.
> 신앙심이 7% 높아집니다.

> −퀘스트를 완료했습니다.
> 모든 역할을 완료하여 원래의 시간대로 돌아가실 수 있습니다.
> 지금 돌아가시겠습니까?

서윤은 위드를 기다리고 싶었다. 하지만 그는 모험을 하느라 바쁘고, 다시 그녀를 만나기 위해서 돌아올 수도 없으리라.

'그들도 있었지.'

문득 원래의 시간대로 돌아가서 해야 할 일도 떠올랐다.

헤르메스 길드!

그들을 처리하기 위해서 서윤은 전쟁의 시대를 떠나기로 마음먹었다.

"돌아가겠어요."

서윤의 눈앞의 모든 것들이 흐려지기 시작했다.

꽃들이 피어나고 나무들이 자라난다. 별들은 빛처럼 빠르게 흘러갔다.

그리고 잠시 후, 그녀는 모라타로 돌아와 있었다.

마판은 휘하의 믿을 만한 상인 유저들, 또 상회에 고용된 NPC 주민들과 함께 모라타의 대도서관에 틀어박혔다.

"아냐. 이것도 아니야. 이것도······."

그들은 역사와 관련된 책과 양피지 묶음 등을 쌓아 두고 정신없이 무언가를 찾아보고 있었다.

대도서관에서 지식을 얻으려고 하는 사람은 많다. 마법사, 학자에게는 지식 스탯과 마법, 학문 스킬을 상승시키기 위한 필수 코스가 된 지 오래였으며, 모험가들도 모라타에 오면 꼭 방문해서 건질 정보가 없는지를 찾아봤다.

 상인들의 경우에는 조금 형편이 다른 것이, 그들은 과거의 기록에는 관심이 덜했다. 기억 속에 묻힌 도시를 찾아내서 교역로를 여는 것도 나쁜 방법은 아니지만 자주 벌어지는 일은 아니다.

 매일매일 변동되는 교역품 시세가 상인들에게는 훨씬 중요했다.

 마판 상회는 북부의 막대한 생산과 유통을 맡고 있기 때문에 그 비중도 아주 큰데 당사자가 대도서관에 틀어박혀 있다니!

 "팔로스 제국… 팔로스 제국… 으음, 기록물들이 너무 넘쳐 나서 뭐가 어디에 있는지 모르겠어. 설마 모라타의 대도서관에는 없는 걸까?"

 마판은 위드에게서 정말 중요한 임무를 맡아서 기록물들을 살피고 있는 중이었다.

 황금과 보석의 냄새가 물씬 풍기는 일거리.

 "위드 님이 목숨을 걸고 챙긴 뒷주머니인데 실수로라도 놓쳐서는 안 되지. 하지만 정말로 그 정보가 대도서관에 없는 거라면… 아냐, 있을 거야. 이곳은 대륙의 정보 저장소 같은 곳이니까 그에 관한 자료도 나타나겠지."

 팔로스 제국, 사막 전사, 보물과 관련된 것이라면 전부 읽

었다.

대륙의 역사가 변동되면서 대도서관에도 제법 많은 책들이 새로 생기게 되었다. 관련 서적들이라면 비밀 문장까지도 남김없이 훑어봤는데 찾아내지 못했다.

"암호로 적혀 있다면 모험가나 언어학자의 도움을 받아야 되는데… 그래서 놓친 걸까?"

마판은 온갖 생각을 다 했다. 그리고 마침내, 케잔 지역의 허풍쟁이 술꾼의 이야기에서 단서를 얻어 냈다.

니플하임 제국 시절에 몬스터들이 제대로 토벌되지 않은 숲 근처에 있던 케잔 마을은 시도 때도 없이 많은 피해를 입었다.

올해의 농사는 흉작이었다. 이번 겨울에는 먹을 것이 없어서 가죽옷을 씹어야 했다. 실제로는 관대하신 황제 폐하께서 은혜를 베풀어 주셔서 그 정도는 아니었지만, 마을 친구들끼리 마시던 술은 줄이지 않으면 안 되었다.

술에 취하지 않고 겨울을 넘긴 적이 언제이던가.

오늘 아침에도 몬스터 놈들이 우리 마을 가까이에서 기웃거렸다. 아마 식량이 떨어져서 침략을 하려는 속셈이겠지.

선발대로 온 몬스터 놈들은 곧 돌아가더니, 2,000마리가 넘는 동족들을 데리고 왔다.

경비대에는 비상이 걸렸고, 나도 마을에서 가장 높은 건물의 옥상으로 올라가서 마지막 남은 술병의 마개를 열었다.

"놈들이 성벽을 부수고 들어와서 나를 죽이는 게 빠를까, 아니면 이 술을 다 마시는 것이 빠를까?"

입안에 술을 들이부은 다년간의 경험으로 미루어 보아서 아마 충분히 다 마실 수 있겠지. 병사들이 몬스터들과 싸우는 소리를 들으면서 마지막 한 모금을 천천히 음미할 수도 있을 것이다.

술을 다 마시고 나면 곧 내 목숨이 사라지게 될 텐데 무슨 아쉬움이 있을까. 설혹 술병이 조금 더 남아 있다면 모를까.

하지만 몬스터들은 침략에 성공하지 못했다.

불과 100명도 안 되는 우리 마을의 병사들이 훌륭해서?

천만에. 드보일 그놈은 나만큼이나 술을 마셔서 아마 마지막을 함께할 술 한 병도 없었을 것이다.

몬스터들은 마을 근처로는 1마리도 다가오지 못하고 전멸했다.

그들을 죽인 건 고작 20명 정도의 남자들이었다.

갑옷도 없이 두꺼운 외투를 걸친 남자들은 대형 마차 오십여 대를 끌고 마을로 다가왔다. 마을을 침략하려던 몬스터 무리는 당연히 방향을 바꾸어서 그들에게로 갔고, 또 어이없게 전멸하고 말았다.

아직 술을 반도 마시지 않았는데 벌써 취한 건가 하여 눈을 비벼 보았지만 내가 본 것은 틀림없는 사실이었다.

약간 휘어진 검, 그것을 검이라고 부를 수 있을까? 아무튼 그걸 휘두르면 몬스터들이 한번에 수십 마리씩 썰려 나갔다. 도망치는 몬스터 하나도 놓치지 않았다.

지금 와서 생각해 보니 그들은 처음부터 몬스터들을 전멸시키려고 했는지 포위 진형을 취하고 있었는데, 상당히 잔인했다.

그렇게 몬스터들을 싹 쓸어버린 남자들이 마을로 다가왔다.

닫혀 있던 마을의 나무 문이 슬며시 열렸다. 잔소리 많은 우리 마을의 병사들이 드물게 옳은 선택을 한 것이다.

사실 그들이 칼인지 검인지를 몇 번 휘두르면 다 부서져 버렸으리라.

"여긴 정말 춥군. 혹시 따뜻하고 독한 술 같은 거 없소?"

요즘의 겨울은 겨울 같지 않아서 북부인들이라면 벌써 봄이 왔다면서 기뻐할 정도였는데 그들은 유난히 추위를 많이 탔다.

그렇게 하루를 머무르면서 휴식을 취한 사내들은 다시 마차들을 끌고 길을 떠났다.

8개의 바퀴가 있는 대형 마차들. 지나간 땅에는 깊은 바퀴 자국이 새겨졌는데, 무엇을 운반하는지는 모르겠다.

그리고 알고 싶지도 않다. 어떤 좀도둑이든 그들에게 걸리면 생명을 잃어버리고 말 테니.

뭐, 내가 쓴 이야기지만 믿어 주리라고 생각하지는 않는다.

술만 마시면 떠들기를 좋아하는 나 같은 거짓말쟁이의 말이니, 믿지 않아도 충분히 이해한다.

무엇보다, 봄이 되어서 실컷 술을 마실 수 있게 되면 나도 전부 잊어버리고 말 테니까.

띠링!

―케잔의 허풍쟁이 술꾼의 이야기를 읽으셨습니다.
 지식이 1 증가합니다.

"이거다!"

마판은 회심의 미소를 지었다. 상당히 헤매기는 했지만 드디어 원하던 것을 찾아냈으니까.

"우리 모험도 드디어 끝이 보이네요."

"정말 힘들었다."

페일과 다른 동료들도 진행하고 있는 퀘스트의 마지막 부분에 있었다.

하벤 제국이 침공을 해 오는 바람에 퀘스트를 그만두고라도 전투에 참여하려고 했다. 하지만 퀘스트가 한창이라서 여기서 그만두기에는 아쉬웠다.

그리하여 천신만고 끝에 퀘스트를 완수하고, 북부를 돌아다니면서 중요한 NPC들을 만나 보고를 했다. 그러면서 보상으로 니플하임 제국의 위대한 기사 아이반슈타인의 유물과 검술, 기사단 양성법이 적힌 책자를 획득했다.

NPC에게 보고하는 일까지 다 끝내고 나면 재능 있는 주민들을 모아서 기사단을 창설하는 것으로 대미를 장식하는 퀘스트였다.

로뮤나와 벨로트가 가장 기뻐했다.

"역시 알차네. 장미가 어울리는 우아한 레이디라는 호칭을 얻다니! 정말 나한테 딱 어울린단 말이야. 호호호."

"보석과 깃털로 장식된 하프라니… 어머어머, 이 반짝이는 것 좀 봐."

그리고 조용히 구석에서 울고 있는 남자 1명.

"으흐흐흑."

페일은 퀘스트를 진행하면서 세 번의 죽음을 경험했다. 다른 동료들이 한 번씩 죽은 것에 비해서는 피해가 컸다.

― 내가 뒤에 남을게. 도망쳐!
― 놈들이 강하긴 하지만 내가 맡아서 해낼 수 있지 않을까?
― 안 돼. 끝까지 포기하지 마. 내가 처리할 수 있어!

이렇게 죽었으니 원망할 수도 없었다.

'착하게 살지 말자. 독해지는 거다.'

고달픈 남자의 인생에 대해 깨달음을 얻은 페일!

수르카가 가볍게 허공에 주먹질을 했다. 그럴 때마다 번쩍 번쩍 전기 스파크가 일어났다.

외모나 장비의 겉모습에도 적당히 신경을 쓰며 성장을 했기 때문에 간단히 보기에도 고레벨 유저의 분위기가 물씬 풍겼다.

"우리도 이젠 전쟁에 참여할 수 있겠네요."

"기다렸던 바죠. 이 낚싯대로 놈들을 굴비 엮듯이……."

제피도 입가에 미소를 지었다.

파티 사냥이나 퀘스트를 할 때면 존재감이 별로 없다. 그렇지만 전쟁이 벌어지면 이름을 날릴 기회도 많아지지 않겠는가.

"놈들을 전부 해치워 보죠."

하지만 페일과 동료들은 하벤 제국과의 전쟁에 참여할 수가 없었다. 마판이 그들 전부를 자신의 저택으로 불러 모은 것이다.

"여러분에게 중대한 발표를 해 드려야겠습니다."

"뭔데요? 혹시 또 교역에 성공하셨어요?"

수르카가 시큰둥하게 물었다.

최근에 대륙 전체를 통틀어서 마판처럼 잘나가는 상인은 없었다. 냉철한 시장분석과 과감한 선제 투자로 생산량을

확대하고 교역망을 확충하여 떼돈을 벌고 있었기 때문이다.

상인들이 벌어들이는 부를 보는 전투 계열 유저들에게 자신이 이룰 수 없는 분야에 대한 시샘이나 부러움이 저절로 샘솟는 것은 어쩔 수 없는 일!

"설명을 드리기 전에 먼저 이것을 좀 보시죠."

마판은 동료들에게 누렇게 변한 책자 하나를 주었다.

띠링!

―케잔의 허풍쟁이 술꾼의 이야기를 읽으셨습니다.
지식이 1 증가합니다.

각자 허풍쟁이 술꾼의 이야기들을 읽으면서 지식이 하나씩 증가!

마법사인 로뮤나는 마나의 최대치가 늘어날 수 있어서 흡족해했지만 다른 동료들에게는 그다지 도움이 되는 것이 아니었다.

벨로트가 우아하게 하품을 하고 물었다.

"그런데요?"

"그리고 이것도 봐 주세요."

마판은 이번에는 황금색 천에 싸여 있는 책자를 꺼냈다.

"어렵게 구한, 정말 중요한 자료라고 할 수 있습니다. 두 자료를 연결해서 보면 제가 무슨 말을 할지 아실 수 있을 겁니다."

"뭔지 볼까요?"
이리엔이 책자를 넘겨받아서 천천히 읽었다.

제목 : 팔로스 제국의 감춰진 비밀?
역사학자 르쿠르드 작성

팔로스 제국은 전쟁의 시대에 건국된 신흥국가이다.
거친 모래바람을 뚫고 광활한 흙으로 이루어진 전사들은 대륙의 전쟁사에 다시없을 영웅 위드와 함께 대륙에 등장했다.
사막의 왕국은 탐욕에 사로잡힌 왕국들을 과감하게 복속시키며 영토를 넓혔고 마침내 대제국을 이루어 냈다. 짧은 시간 형성되어 국가의 기틀도 제대로 다지지 못하였지만 군사력만큼은 대륙 전체를 통일하고도 남을 수 있을 만큼 충분한 수준이었다.
그들은 대륙에 암운을 드리우던 위험한 종교 단체의 군대를 격파하고, 단기간에 모든 왕국들을 두려움으로 떨게 만들었다.
특히 들모레 요새의 치열했던 공방전은 팔로스 제국이 멸망하고 난 지금까지도 여전히 역사학자들 사이에서 가장 크게 회자되고 있는 이야깃거리다.
한 전투에 대륙의 운명이 걸린 것도 드문 일일뿐더러, 또한 그 당시에 온갖 괴물들과 언데드, 유성 소환까지 이루어진 것도 믿기지 않는 사건이기 때문이다.

대제왕 위드.

그가 있었기에 가능한 승리였다는 데에는 학자들 사이에도 의견의 일치를 보았다.

과연 그가 인간으로서 어떻게 그렇게 강해질 수 있었을지는 여전히 의문스럽다.

그러나 그 후 대제왕 위드는 영문을 알 수 없이 갑자기 떠나 버렸고, 강대하던 팔로스 제국은 짧은 전성기를 누리고 쇠락하게 되었다.

대륙을 질타하던 낙타의 제국은 쓰러졌고, 전사들은 다시 거칠고 메마른 사막으로 돌아가게 되었다.

그리고 광대한 땅을 다스리던 제국으로 인하여 대륙은 한동안 긍정적인 대개혁을 이루어 냈다.

국가 간 교통망의 연결, 무역과 생산의 장려, 기술의 발달.

팔로스 제국은 공물만 넉넉하게 바친다면 내정에 대한 심한 간섭은 하지 않았다.

전쟁의 시대에 주민들은 권위적인 귀족들과 왕족들로 인하여 극심한 고통을 받아 왔다. 역사상 기사들의 억압 속에서 자신의 것을 빼앗기고 빈민이 되어 버린 주민의 수치가 최고에 달했지만 이 악습이 모조리 청산되어 버린 것이다.

그런데 제국이 사라진 후, 창고 가득 쌓여 있어야 할 보물의 흔적은 신기할 정도로 전혀 없었다.

팔로스 제국은 수많은 도시들과 왕국을 정복하고 다른 나라의 국왕으로부터 조공을 받았다. 그들이 모았을 숱한 보물들은 다 어디로 사라진 것일까? 그 모든 마법 무구들과 금은보화들이 부패와 사치, 향락으로 전부 사라졌단 말인가?

나 역사학자 르쿠르드는 팔로스 제국과 관련된 비밀 기록들을 훑어보다가 중요한 대목을 발견하였다.

—인간들의 탐욕이 다시 극에 달할 때, 예정되어 있는 재난이 찾아오리라.

세상이 위기에 빠져 있을 때, 나는 또다시 살아가면서 그들을 막으리라.

구원의 힘은 북쪽에 있다.

길고 긴 시간이 지나서 사막과 북부인들은 하나가 되리라.

알 수 없는 말이지만, 원로원과 전사들의 기록에는 자주 등장했다.

팔로스 제국에 그러한 영향력을 남길 수 있는 것은 오직 1명, 대제왕 위드뿐이다.

위드는 인간의 강함을 초월한 자.

대륙의 길을 열어 넓은 세계가 통할 수 있게 만든 영웅.

그는 어떤 미래를 예견하고 유언을 남긴 것일까?

확실한 것은, 팔로스 제국의 충성스러운 전사들이 그의 말

을 귀담아들었다는 점이다. 전사들은 그의 명령에 따라 먼 미래를 대비하기 위한 어떤 작업을 비밀리에 수행했다.

제국 최고의 전사들이 북쪽으로 향했던 것도 아마 그 이유가 아니었을까 추측된다.

띠링!

> -대륙 역사의 중요한 진실을 찾아냈습니다.
> 귀중한 발견으로 지식이 5 증가하며 지혜가 2 높아집니다.
> 퀘스트를 수행하는 데 필요한 최소한의 단서 두 가지를 모았습니다.
> '사막 지배자의 숨겨 놓은 보물' 퀘스트를 시작할 수 있습니다.

이리엔은 눈을 크게 떴다.

"이게 뭐예요?"

다른 동료들도 책자를 넘겨받아서 전부 읽었다.

마판은 흥분을 감추지 못한 채 얼굴이 붉게 상기되어서 말했다.

"정말 최고의 보안을 필요로 하는 일입니다. 그리고 우리만이 해낼 수 있습니다. 바로 위드 님의 뒷주머니와 관련된 것이니까요."

"……!"

위드의 뒷주머니!

동료들의 눈을 번쩍 뜨이게 하는 단어였다.

"그러니까 뭐가 어떻게 된 건데요?"

"저는 위드 님의 밀명을 받아, 대도서관에서 팔로스 제국과 관련된 정보들을 모으고 있었습니다."

위드는 마판에게만 암호화된 문서 파일을 이메일로 보냈다.

행복한 죽음, 꿈, 희망, 세상의 전부가 암호를 풀 수 있는 단어들이었다.

그러나 마판은 그리 어렵지 않게 암호를 풀어냈다.

비밀번호는 '돈벼락'.

제목 : 큰돈을 벌고 싶다면……

즉시 대도서관에서 팔로스 제국에 대하여 알아보고, 북부의 어딘가에 있을 보물의 발굴 작업을 실시해야 함.

다른 사람에게 뺏기지 않도록 이 작업을 모든 일에 우선하여 처리해야 됩니다.

화령이 책자를 읽고 나서 무언가 알아냈다는 듯이 눈을 빛냈다.

"그러니까 위드 님이 팔로스 제국의 보물들을 북부 어딘가에 숨겨 놓았다는 말씀이죠?"

"바로 그렇습니다. 위드 님이 직접 북부에 보물을 가져다 놓기에는 시간이 모자랐죠. 그래서 퀘스트를 하기 위하여 떠나기 전에 부하들에게 제국의 보물들을 북부에 묻어 놓으라고 한 겁니다."

"……!"

정복 사업을 활기차게 진행했던 제국 팔로스.

게다가 그곳의 제왕은 위드였다.

알뜰하게 약탈했을 그 많은 재물이 북부의 어딘가에 묻혀 있다는 것이다.

마판은 약간의 설명을 덧붙였다.

"위드 님이 되찾기 쉽도록 미리 어떤 지형이나 장소를 지정해 놓고 거기에 파묻어 놓으라고 할 수도 있었겠지만 그러기에는 다소 무리가 있었습니다. 우선, 당시 북부에는 니플하임 제국이 존재하고 있었죠. 목격자가 나올 수도 있고, 위드 님의 모험으로 인해 미래의 역사가 어떻게 바뀔지도 몰랐습니다. 그렇기에 부하들에게 몇 가지 원칙을 알려 주고 보물을 숨겨 놓으라고 했다고 합니다. 그리고 이렇게 가장 빨리 모험을 하는 사람이 유리해지는 퀘스트로 연결되고 말았습니다."

동료들은 이미 마판의 말은 듣고 있지 않았다.

페일은 상상의 나래를 펼쳤다.

'활과 어울릴 만한 최고의 화살통.'

벨로트도 바라는 것은 많았다.

'그 시대의 옷과 보석 장신구들. 영상을 보니 정말 예쁘고 갖고 싶었는데.'

화령은 벌써 옷과 액세서리들을 조합하는 일에 몰두해 있었다.
 '뭘 입어야 하지? 사막 부족의 짧은 치마도 잘 어울릴까?'
 사람인 이상 누구나 욕심은 있고, 팔로스 제국의 보물이라면 당연히 찾고 싶었다.
 로뮤나가 벌떡 일어났다.
 "어디부터 찾아봐야 되죠? 당장, 빨리 가요!"

 르브칸 협곡 전투 패배.
 란치오 마을 파괴. 복구 불가능할 정도의 피해를 입음.
 소낙 평원 지대 불바다.
 아르펜 곡물 창고 약탈당함.
 위대한 건축물 지오브란데의 정원이 갈아엎어짐.
 공사 중이던 위대한 건축물 델니스의 강철 종 파괴.

 북부의 유저들, 이른바 북부군은 하벤 제국군과 싸우기만 하면 대패를 거듭하였다.
 북부에서 몰아내려고 전투를 했지만 박살이 나고, 세워진 지 얼마 안 되는 도시들은 초토화되었다. 수많은 유저들의 열정과 땀으로 세워진 위대한 건축물도 부서졌다.
 패배, 패배, 패배, 패배, 패배!

로열 로드를 중계하는 방송국들은 시청률을 연일 갱신해 가고 있었다.

로열 로드에 대한 시청자들의 관심이 가장 뜨거운 시기.

직장인들은 휴가철이고 학생들은 방학 시즌이라 관심이 더욱 높았다.

"예상대로 하벤 제국에는 안되는군."

유병준은 텔레비전을 통해서 로열 로드의 방송을 봤다.

인공지능의 스크린으로 모든 화면들을 볼 수가 있었지만, 방송국 해설자들이나 시청자들의 생각도 궁금했던 것이다.

"북부가 계속 패배하고 있는데요, 하벤 제국군은 역시 무적이라고 불러도 될 정도로 막강합니다."

"무신 바드레이와 그의 친위대는 전쟁에 아직 나서지도 않고 있는데요, 과연 하벤 제국이 중앙 대륙을 통일할 만했다고 보입니다."

"연합군과의 전쟁에서도 이런 전력을 다 꺼내 놓지는 않았는데요. 하벤 제국의 역량의 끝은 도대체 어디일까요?"

"이 가늠하기 어려운 위기, 과연 전쟁의 신 위드가 돌아오게 되면 극복할 수 있을지 궁금합니다."

"위드의 퀘스트도 곧 중요한 분기점에 다다르게 될 텐데, 하벤 제국과 북부군의 전쟁까지, 시청자들이 한눈팔 사이가 없이 계속 대형 사건이 벌어지게 되겠군요."

"위드라면 모험의 달인이라고 할 수 있죠. 그의 업적은 대부분 전쟁보다는 모험으로 일구어 낸 것입니다. 뭐, 불사의 군단과 싸우기도 하였지만 그것은 퀘스트 내에서 이루어진 것이니까요. 그런데 정작 이 중요한 시기에도 모험에 빠져 있다니, 국왕으로서의 정체성은 있는 건지 모르겠습니다. 아, 어쩌면 이미 자신의 왕국을 포기했을 수도 있죠. 지금 이 상황을 보면 현명한 판단이라고 여길 수도 있겠네요."

방송국의 해설자들은 파괴되는 북부를 보며 안타까워하면서 위드를 기다렸다. 로열 로드와 연관이 있는 각 게시판은 헤르메스 길드를 비난하는 글들로 쑥대밭이 되고 있었다.

하지만 전투의 패배가 거듭되면서, 위드가 나서면 모든 전황이 뒤집힐 거라는 환상보다는 비관적으로 보는 목소리도 점점 많아졌다.

유병준이 보기에도 하벤 제국군은 북부 전체의 전력에 비해서 4배 이상은 강했다.

유저의 숫자가 북부 전체보다 많다거나 화력이 그 정도로 강력한 것은 아니었다. 군대의 편제, 전체적인 균형, 경험 많고 실력이 뛰어난 지휘관, 위급한 전황을 뒤바꿀 수 있는 다양한 부대, 풍부한 보급과 전술 운용 능력.

전쟁에 필요한 요소들을 골고루 갖추고 있기 때문에 내세울 건 물량밖에 없는 북부군이 어찌할 수 없다고 보는 편이 맞으리라.

이미 숫자로는 아무리 덤비더라도 어찌할 수가 없는 상황

에 처했다.

하벤 제국군에는 드워프 대장장이들까지 다수 속해 있어서 병장기들을 즉석에서 고쳐 주고, 화살이나 단검 같은 소모품까지 만들어 주었다.

중앙 대륙을 통일하고 나서 나태해지거나 방심할 만도 했건만 헤르메스 길드의 수뇌부는 그 이상의 완벽함으로 북부를 침략해 온 것이다.

단순한 초보자들의 뭉침은 이미 의미가 없다.

북부군과 하벤 제국의 전쟁은 일반 시민이 전차 부대를 향하여 돌격하는 것과도 같았다. 레벨 400대의 하벤 제국 기사 유저가 수백 명, 수천 명씩 쓸어버리면서 강함을 자랑하는 경연장이 되어 버리고 있었던 것이다.

"그런데도 위드를 기다리면서 아직 패배하지 않았다고 여긴다 이거지? 죽고 나서도 무서워하는 게 아니라 복수를 하겠다고 벼르다니, 세상엔 정말 이상한 인간들이 많군."

신기하게도, 방송 해설자들과 시청자들 모두가 북부는 어려울 것이라고 고개를 저으면서도 일말의 기대심만큼은 버리지 않았다. 북부에 쌓아 올려진 모든 것이 눈앞에서 이미 파괴되고 있는데도 불구하고 위드가 돌아오기만을 기다린다.

유병준은 자신도 어쩌면 위드가 하벤 제국을 막을 수 있을지도 모른다는 생각을 했다는 걸 깨닫고 어이가 없었다.

"이번에는 정말 안 될 텐데. 상식적으로 말이 안 되는 건데."

-위드가 북부군을 이끌었을 때의 승리 확률을 계산해 볼까요?
"아니야. 됐어."
머릿속으로는 납득이 안 되어도 감정적으로는 바뀔 수 있을 것 같았다.
"희망이란 확률이 아닌 믿음인가? 그 믿음이 모이다 보면 기적이 이루어지고?"
유병준은 텔레비전으로 북부의 전쟁을 지켜보는 것을 그만두었다. 하벤 제국이 연일 승전을 거두면서 유저들을 학살하고 도시들을 폐허로 만들고 있는 전황은 당분간 바뀌지 않을 것이다.
그보다도, 엠비뉴 교단의 총본영을 쑥대밭으로 만들어 놓아야 하는 위드의 모험이 곧 벌어지게 된다.
"위드는 여기서도 어렵고, 다시 돌아와서도 어려운 환경에 직면하게 될 거야."
보통 사람이었다면 왜 이렇게 불행한 일만 계속 벌어지는지 원통해할 상황이었다. 그런데도 이 모든 일을 겪고 있는 당사자가 위드이다 보니 왠지 좋은 기회가 주어진 것 아닌가 싶어진다.
유병준은 과거 노들레의 모험이 어떤 식으로 전개되었는지도 이미 잘 알고 있었다.

노들레와 아헬른 그리고 동료들은 뿔뿔이 흩어져서 메마

른 울부짖는 폐허에 도착했다.

"여긴… 성자님의 신성력이 나를 여기로 이끌었군. 동료들도 당황하고 있을지 모르니 서둘러 만나러 가야겠어."

노들레는 우선 동료들을 찾기 위하여 돌아다녔다. 운 좋게 방향이 맞은 루헬른, 브레빈슨과 재회하고 난 이후에 엠비뉴의 대신전으로 잠입했다.

물론 험난한 지형과 몬스터들로 인해 믿기지 않을 정도로 불가능한 임무였지만, 그들은 정의를 위하여 어두운 밤에 전투를 벌이면서 길을 뚫고 침입했다.

결과는 중간에 브레빈슨의 사망!

노들레는 붙잡히고 난 이후 제물로 바쳐지기 위해 감옥에 갇혔고, 루헬른은 간신히 도망쳤다.

"중요한 의식을 치르기 직전이었는데 잘되었구나. 우리의 드래곤이 깨어나게 되면 너를 맛있게 먹어 줄 것이다."

노들레는 그다음 날 저녁 혼돈의 드래곤을 위한 제물로 바쳐질 운명이었다.

자고로 험한 세상 물정 모르고 용사라면서 순진하게 객기를 부리다가는 어찌 된다는 것을 여실히 보여 주게 된 셈!

하지만 그날 새벽, 극적으로 탈출에 성공하였다.

감옥에 잡혀 있던 다른 인간들과 바바리안들이 노들레로부터 이야기를 들어서 사정을 알게 된 후 반드시 엠비뉴 교단을 막아야 한다면서 자신의 목숨을 던져서 탈출로를 열어

준 것이다. 이어 노예들의 집단 탈출로 인한 소란이 감옥 전체로 확대되었다.

"내 등과 어깨에는 저 사람들의 피의 무게가 실리게 되었구나. 저들을 위해서라도 반드시… 막아 내야 하리라."

그 틈을 타서 눈물을 흘리며 감옥을 빠져나온 노들레는 적의 기사들에게 쫓기다가, 싸우고 있는 아헬른과 헤스티거를 만났다.

"어떻게 이곳에……."

"무사하셨습니까?"

"오랫동안 이야기를 나눌 틈이 없습니다. 혼돈의 드래곤이 오늘 밤 깨어납니다."

"막읍시다. 아직 시간이 있습니다."

그들은 추격을 따돌리고는 대신전의 깊은 곳으로 잠입하였다. 하늘로 오르는 탑의 완공과 혼돈의 드래곤을 위한 의식으로 엠비뉴의 총본영의 분위기가 다소 들뜨고 풀어져 있었기에 가능한 일이었다.

그리고 대신전의 깊은 곳으로 들어가서 엠비뉴 교단이 만들어 놓은 어마어마한 독극물들을 발견하였다. 강과 호수, 바다를 오염시켜서 생명체들을 말살시키고 다시는 아무것도 살지 못하는 곳으로 만들기 위한 극독.

순박한 노들레는 경악을 금치 못했다.

"어떻게 이런 일들을 꾸밀 수 있는지……."

"차라리 잘되었습니다. 이 독을 중요한 길목마다 풀고 저들에게도 먹이지요."

"헤스티거, 무슨 말인가!"

"이미 악에 깊게 빠져든 저들은 어떤 말로도 설득이 되지 않습니다. 우리가 막지 못하면 저들은 이 대륙을 해칠 것입니다."

"으으음!"

위드라면 길거리에 떨어진 돈을 줍는 것처럼 0.1초도 고민하지 않을 일을 노들레는 장장 2시간 넘게 괴로워했다.

제안을 한 헤스티거나 아헬른 역시 독으로 생명을 해친다는 죄책감에 시달려야 했다.

"합시다. 우리가 지옥에 가는 한이 있더라도… 세상을 위해서!"

그리고 광신도와 괴물들이 먹을 음식에 독을 풀었다.

그날 밤 혼돈의 드래곤을 깨우는 의식이 거창하게 시작되었다. 독이 담긴 음식들을 가지고 수십만에 달하는 광신도들이 엄숙하게 의식을 치렀다.

"엠비뉴 신이 내려 주신 피의 술을 마시라!"

"파괴의 은혜에 감사드립니다."

광신도들은 한꺼번에 술을 마셨다.

고도로 농축되어서 정제되어 있던 극독들은 광신도와 괴물들의 상당수를 녹여 버렸다.

그 틈에 노들레와 동료들은 의리를 저버리지 않고 다시 감옥으로 내려가서 사람들과 이종족들을 구출했다. 혼돈의 드래곤 의식이 멈춘 것은 아니었으므로 시간이 아주 촉박했지만 갇혀 있는 이들을 구하기 위해서였다.

막 풀려난 사람들은 싸우러 간다는 노들레의 말에 검을 들고 또다시 동참하기로 결심했다.

"켈튼 왕국의 기사 바그너, 여기라면 제 목숨값을 가장 비싸게 받을 수 있겠군요."

"영광입니다. 기꺼이 싸우겠습니다."

용사답게 사람들을 정의로움으로 이끈 것이다.

그 결과 감옥을 다시 나올 때 노들레는 수천의 병력을 데리고 있었다.

그리고 처음 붙잡힐 때 도망치고 나서 한동안 사라졌던 루헬른이 혼돈의 드래곤을 세뇌시키는 의식에 나타나서 결정적인 방해를 하였다.

혼돈의 드래곤의 눈동자를 단검으로 찌른 것이다.

대사제 헤울러의 분노 가득한 공격에 곧바로 사망하였지만, 루헬른은 웃으면서 죽어 갔다.

-누가 나를 깨우는가. 으으윽, 머리가… 아프다. 머리가 깨질 것 같다.

깊은 잠에서 깨어난 혼돈의 드래곤의 발광!

원래의 드래곤으로서의 정신과 엠비뉴의 사악한 마력이 부

덮치면서 괴로움의 몸부림을 치니 대신전은 마구 부서졌다.

위드가 일으키는 대재앙 10개가 한꺼번에 작렬한 것과 같은 어마어마한 충격의 파괴가 일어났다. 하늘로 오르는 탑도 드래곤의 몸에 부딪쳐서 견디지 못하고 처참하게 무너져 내렸다.

그 난장판 속에서 노들레와 아헬른은 다른 동료들과 뭉쳐서 엠비뉴 교단의 하수인들을 상대로 전투를 치렀다.

"신성한 죄의 심판, 참회를 일으키는 신의 검, 가장 무거운 지옥!"

성자 아헬른의 믿기지 않는 신성력!

엠비뉴의 사제들은 그의 신성 마법에 밀려 그대로 잿빛으로 변해서 사라졌다. 기사들 또한 육체에 깃들어 있던 축복은 먼지처럼 사라지고 자신들의 능력을 절반도 발휘하지 못하게 되었다.

그 와중에 혼돈의 드래곤은 적아를 가리지 않고 마구 공격했다.

온 사방에서 작렬하는 드래곤의 브레스!

10만이 넘는 엠비뉴의 광신도가 한순간 녹아내리는 믿기 힘든 광경까지 벌어졌다.

사실 드래곤 아우솔레토는 세뇌되지 않은 원래의 정신 또한 지극히 포악한 광기를 지니고 있었다. 그런데 고통이 느껴지니 더욱 폭력적으로 변하여 주변의 모든 생명체들을 공격한 것이다.

아헬른은 몸을 신성 마법의 환한 빛으로 감싼 채 말했다.

"도저히 안되겠군. 드래곤이 세뇌에서 벗어나서 제정신을 차리려고 하는 것 같네."

엠비뉴를 따르는 자들을 전부 죽이고 난 다음, 혼돈의 드래곤은 이 세상을 부숴 놓을 것이다. 평화를 깨뜨리고 침략을 거듭할 것이니 엠비뉴 교단과 크게 다를 것도 없는 존재.

"그대들을 이곳에 데려왔지만, 아무래도 나는 끝까지 함께할 수 없을 것 같군."

"아헬른 님, 무슨 말씀이십니까?"

"내가 저 드래곤을 데리고 가겠네. 아직 자신의 힘을 완전히 각성하지 않은 지금이라면 신의 힘으로 봉인할 수 있어."

"하지만 그런 큰 힘에는 희생이 따르지 않습니까?"

"드래곤의 마법력이 원래대로 돌아오지 않은 이때를 놓치면 방법이 없다네. 세상을 위하여 어떠한 대가도 바라지 않고 나를 따라나서 준 순수한 자네들을 만나서 고마웠네."

그리고 혼돈의 드래곤은 성자 아헬른의 생명의 힘으로 다시 재봉인, 멀고 깊은 바다로 사라졌다.

"너희가 이 모든 일의 원흉이로구나. 엠비뉴를 막으려던 죄, 영혼까지 찢어 내서 속죄해야 하리라!"

혼돈의 드래곤이 갑자기 세뇌에서 벗어나 날뜀으로 인하여 몸의 일부가 부서지고 마력의 원천에 막대한 피해를 입었음에도 대사제 헤울러는 믿기지 않는 활약을 했다. 극악의 흑마법들을 자유자재로 사용할 뿐만 아니라 화염, 물, 바람의 마법까지도 궁극의 경지로 다루었다. 엠비뉴의 다른 대사제들과는 차원이 다른 실력을 보인 것이다.

끝내는 대사제 헤울러 역시 해치울 수 있었지만, 노들레와 헤스티거를 제외한 용사들 전원의 죽음으로써 그 대가를 치러야 했다.

"이 이야기를 미리 보고 알아도 똑같이 해내기가 어려울 텐데. 과연 위드가 성공할 수 있을까?"

유병준은 아무리 봐도 회의적일 수밖에 없었다.

어떻게 위드가 저 엠비뉴 교단을 막을 수가 있겠는가.

적극적으로 전투를 벌이고, 동료들을 찾고, 죄수들을 통해 지원군을 만들어도 모자랄 판에 공사 현장에 뛰어들어서 묵묵히 일을 해 주다니!

하늘로 오르는 탑의 인부들은 말 그대로 노예 정도의 수준이다. 파수꾼에게 채찍질을 당하면서 땀을 흘리며 일하다가 체력의 저하로 쓰러졌다. 설혹 동료로 끌어들인다고 해도 가볍게 진압되어 버리지 않겠는가.

아무튼 퀘스트 종료 시간도 얼마 남지 않았으니 위드의 속셈이 무엇인지를 곧 볼 수 있으리라.

위드는 미묘한 고소공포증을 가지고 있었다.

와이번을 타고 비행할 때에는 아무렇지도 않지만, 높은 건물에만 올라가면 왠지 불안했다.

"이거 부실 공사 아닐까?"

하늘로 오르는 탑을 오르락내리락할 때마다 드는 생각이었다.

어마어마한 높이의 탑을 짓기 위하여 수만 명의 노예들이 동원되어 막대한 양의 돌을 쌓아 올리고 있었다. 중간중간 마법진이 설치되어 있고 특수한 생명체의 뼈들을 엮어서 지지력을 강화했다고는 하지만, 그래도 왠지 허술해 보이는 느낌!

"분명히 어디 눈에 안 보이는 곳에서 자재 조금 빼돌리고 지반공사 대충 날림으로 했을 것 같은데. 원래 건축이란 다 그런 거 아니겠어?"

위드는 스스로 말하고도 설득력이 있는지 고개를 끄덕였다.

"비라도 와 주면 실컷 새서 얼마나 부실한지 확인할 수 있을 텐데 날씨가 안 도와주네."

이제 안면이 생긴 노예들과 몇 마디 말을 주고받을 수 있을 정도로는 친해졌다.

노예들이 정말 많다고 해도, 1층에서부터 꼭대기까지 보폭을 맞춰서 함께 올라가다 보면 친해지기 마련이다. 물론 정보를 듣기 위해서는 상대방의 짐을 약간씩 들어 주면 더 좋고.

"언제부터 일을 하셨습니까?"

"모르겠네. 잡혀 온 지 한 10년은 된 것 같아."

"가족들은……."

"다 여기서 죽었지. 아내는 143층에서, 아들은 169층에서 쓰러져 죽었어. 놈들이 바로 창밖으로 시체를 던져 버리는 바람에 묻어 주지도 못했네. 아마 까마귀들이 다 먹어 치우지 않았을까."

"……."

'장식용이라기에는 좀 이상했는데… 그래서 탑에 창문이 있는 거였군.'

노예들의 전반적인 분위기는 침체된 우울함.

그들은 파수꾼의 채찍질이 무서워 고장 나기 직전에 억지로 돌아가는 기계처럼 계단을 오르내리며 일했다. 느릿한 발걸음에는 고통과 삶의 힘겨움이 가득했다.

바로 위드가 꿈꿔 오던 세상이었다.

아르펜 왕국의 주민들이 이렇게 국왕을 위해서 일을 해 준다면 금은보화를 산처럼 쌓고 편안하게 지낼 수 있으리라.

"도망칠 기회는 없으셨습니까?"

"도망? 그런 것은 꿈도 꾸지 말게. 탑과 채석장 사이를 벗어나는 순간 괴물들이 우리를 마음껏 먹어 치우지."

"그래도 한꺼번에 도망친다면 몇 명은 살아남을 것 아닙니까?"

"도망을 치더라도 갈 곳이 없어. 고향에 가더라도 이미 그곳에는 먼저 죽은 자들의 뼈밖에……. 쉬잇, 이건 자네만 알고 있게. 놈들은 육체만이 아니라 영혼까지 먹어 치우지. 영혼을 먹은 괴물들의 몸의 일부에는 사람의 얼굴이 나타나는데, 생전에 아는 자를 만나면 말을 걸어오기도 한다네. 끔찍하지 않은가? 여기가 바로 지옥이라네."

노예들은 겁을 잔뜩 집어먹었다.

그래도 위드는 노예들에게, 크게 쓸모 있는 건 아니지만 약간의 정보를 더 얻어 냈다.

"이곳에서 해방된 자들? 물론 있기는 하지. 꽤 많기도 해."

"어떻게요?"

"이곳을 빠져나가기 위한 오직 한 가지의 방법. 엠비뉴를 믿는 거지."

"……."

"저들의 신을 받아들이고 신도가 되면 영생 불사의 삶을 얻고 고통에서 해방될 수 있다네."

광신도들의 비밀!

삶과 죽음의 고통 속에서 광신도가 된 노예들은 증오로 인

해 더욱 강력한 능력을 발휘했다.

"그러면 어르신께서는 왜 엠비뉴의 신도가 되지 않으셨습니까?"

"저들이 말하는 고통에서의 해방이 무엇인지 알고 있기 때문이네. 끝없는 고통을 타인에게 안겨 주고 더 큰 고통을 만들어 내서 마력으로 바꾸는 것이지. 영생 불사의 힘을 얻기 위해서는 우리 같은 이들을 한 무더기씩 제물로 바쳐서 사제가 되어야 하는데… 그게 인간으로서 할 짓이라고 생각하는가?"

무작정 그들을 막기 위해서 싸워 왔을 뿐, 그들이 어떤 식으로 구성되는지에 대한 정보는 처음 얻었다.

'이래서 세상이 혼란스럽고 고통스러울수록 엠비뉴 교단이 빠르게 강해지는군.'

위드는 어찌 되었건 밤이 지나가기를 기다렸다.

유난히 어두운 밤하늘에는 달과 별들이 아름답게 수를 놓고 있었다. 탑을 오르면서 보는 은하수의 모습에는 감탄밖에 나오지 않았다.

엠비뉴의 총본영, 위험하고 안 좋은 환경에 있을수록 하늘은 저렇게 멋지게 다가왔다. 대신전에서는 커다란 불길을 피워 놓고 누군가를 제물로 바치고 있고, 아련하게 고통에 찬 비명 소리도 들려왔다. 그렇게 비탄으로 가득 찬 탑을 오르면서도 밤하늘만큼은 예쁘기 짝이 없다.

이런 아름다운 광경을, 빛이 범람하는 현대 도시에서는 쉽게 볼 수 없게 되었다. 삭막한 도시 문명이 빼앗아 간 풍경의 일부라고 할 수 있으리라.
 '이렇게 예쁜 밤하늘을 요금을 받고 보여 줄 수 있으면 대박일 텐데.'
 위드에게는 그저 돈과 연계되어 있을 뿐!
 그렇게 이곳에서 보내는 마지막 밤이 지나고 있었다.

 "위드 외에 다른 녀석들의 상황은 어떻지?"
 -지도에 위치들을 표시하고, 2번부터 6번까지의 스크린에 그들의 상황을 중계하겠습니다.
 유병준은 인공지능 베르사를 통해 표시되는 모니터들로 위드의 부하들을 살폈다.
 이것은 위드나 방송국들도 알지 못하는 정보로, 오직 그만이 전체의 밑그림을 살필 수 있었다.
 "대제님이 저기 어딘가에 있을 것이다."
 전일은 몬스터의 가죽을 몸에 두른 채 날렵하게 달려 대신전으로 다가가고 있었다.
 메마른 울부짖는 폐허에 도착한 그는 조각 생명체 중에서 첫째로 뛰어난 사막 전사답게 안전하게 숨을 수 있는 은신처

부터 마련했다. 그리고 며칠 동안 차분히 주변을 살폈으나 다른 동료들을 만나진 못하였다.

더 늦기 전에 목표였던 대신전으로 가기로 결정하고, 혼자서 최대한 은밀하게 전진을 했다. 주변에 생명체나 몬스터가 있으면 바로 해치워 버리거나, 끈질긴 인내로 몇 시간이라도 기다려서 조금씩 다가갔다.

시커멓게 썩은 강은 몬스터의 가죽을 얼굴과 몸에 두른 채로 건넜지만, 독 때문에 사경을 헤매어야 되었다. 그러나 건장한 체력과 정신력으로 회복하여 대신전으로 다시 접근하고 있었다.

하지만 대신전에 가려면 반드시 지나쳐야 하는 암석 지대에서는 순찰대가 끊임없이 활동을 하고, 감시탑을 통한 경계의 눈초리도 삼엄하기 이를 데 없다.

그 때문에 아직 상당히 먼 거리에서 지켜보고 있었다.

위드와 만났던 전이는 명령에 따라 주변을 돌아다녀 봤지만 동료를 찾지 못하고 은신처로 다시 돌아왔다.

"대제님께서는 먼저 떠나셨군. 대신전에서 만나자고 하셨지. 먼저 가서 기다리면 되겠어."

몬스터들을 해치우면서 대신전으로 향하다가 엠비뉴의 경계망에 발각!

엠비뉴의 최정예 기사들이 사제들과 함께 출동하였다.

"인간 전사여, 잘도 이곳까지 왔구나."

"덤벼라! 사막 전사가 결코 약하지 않다는 걸 보여 주지!"

전이는 정면으로 내달리면서 적들을 해치웠다.

보통의 칼보다도 조금 더 긴 시미터가 땅에 끌리면서 화염이 강하게 일어난다.

"플레임 시미터. 래피드 파이어 소드!"

방심하고 가까이 다가온 기사들을 향해 시미터가 번개처럼 빠른 속도로 휘둘렸다.

서걱!

방어력이 뛰어난 기사들이 불에 타면서 말과 함께 양단되었다.

"스터본 스트라이크!"

전이는 높이 뛰어올라서 좌에서 우로 칼을 썼다. 방패며 갑옷이며 모두 으스러뜨리는 괴력의 공격.

상대가 막아 내더라도 두 번, 세 번의 연속 공격으로 적의 목숨을 확실히 취한다. 적들이 여럿이 있다면 힘으로 한꺼번에 날려 버리고 태워 버렸다.

조각 생명체들의 싸움 방식은 위드와 닮았다.

막강한 공격력으로, 일일이 상대하지 않고 적 전체를 목표로 두고 과감하게 광역 공격을 일삼는다. 가까이에서 본 것이 위드이고 같이 전투를 치르다 보니 저절로 닮아 간 것이다.

"얼마든지 오너라! 나는 자랑스러운 사막의 전사다!"

레벨 700대의 엄청난 전사였기에 엠비뉴의 기사들도 추풍낙엽처럼 쓰러졌다.
 화염이 일어나는 대지에서 전이는 1,000이 넘는 엠비뉴의 기사들을 학살했다.
 그렇지만 말을 탄 기사들에게 넓게 포위되어 이미 도망칠 곳 따위는 없었다.
 "클클, 죽을 자리를 찾아왔구나."
 "우리에게 죽고 싶었다면 진작 오지 그랬느냐."
 "힘이 전부인 줄 아는 미련한 자여, 힘보다 지혜가 우월하다는 것을 알려 주도록 하지."
 그 후에는 벗어나지 못하는 사제들의 저주들!
 움직임을 봉쇄하고 힘을 약화시키며 생명력을 빼앗아 가는 저주들이 중첩으로 17개나 걸려들었다. 약한 생명체라면 그 자리에서 죽을 수 있는 괴질과, 혐오스러운 나방이 몸에 알을 낳아서 부화하는 악독한 흑마법에까지 걸려들었다.
 그 상황에서도 분전했지만, 결국 전이는 잡혀서 강제로 무릎이 꿇려지는 신세가 되었다.
 "이놈을 어떻게 하지?"
 "엠비뉴에 대항한 자들은 죽여서 영혼에까지 고통을 주어야 한다."
 "아니다. 엠비뉴 신이 우리에게 내려 주신 신수, 드래곤이 곧 깨어날 테니 그때에 제물로 바치도록 하자."

"괜찮은 의견이군. 기왕이면 쓸 만한 놈을 제물로 바치는 편이 좋겠지."

전이는 대신전의 아래에 있는 지하 감옥에 갇히게 되었다.

먼저 감옥에 갇혔던 노들레와 조금 다른 점이라면, 저주에 의해 힘이 봉쇄된 채로 목과 팔다리에 마력의 쇠사슬이 채워져서 천장에 매달리게 되었다. 뼈들은 부러지고, 몸에서는 나방들이 날아다닌다.

이유는 위드의 부하임에도 불구하고 노들레보다 강했기 때문이었다.

물론 엠비뉴의 교단에는 사제들이 넘치도록 많았지만 아무도 전이를 치료해 줄 생각 따위는 하지 않았다. 최소한의 생명력만을 남겨 놓아서, 내버려 두더라도 얼마 살지 못할 정도가 되었다.

"대… 대제님께서 반드시 나를 구해 주실 것이다."

전삼은 사막 전사들 중에서도 가장 폭넓고 다양한 재능을 가졌다. 그는 암살 기술이나 위장술에 관심이 많았다. 우연히 배회하던 엠비뉴 기사 셋을 해치우고, 그들의 복장을 착용했다.

"흠, 기사 갑옷에서 피 냄새가 진하게 나는군. 형태와 모양도 세련되지 않아서 별로인데."

은근한 된장남 전삼!

그는 만만한 몬스터들과 싸우다가 엠비뉴의 정찰대에 의

해 발견되었다.

"우리 쪽 기사가 싸우고 있다."

"도와주지."

엠비뉴의 기사들이 달려와 전삼과 함께 몬스터 무리를 퇴치하였다.

물론 그들이 보란 듯이 싸운 것이었다.

"구해 줘서 고맙다."

"우리가 없었으면 큰일 날 뻔했군."

"엠비뉴 신께서 너희를 보내 주시리라 믿었다. 신께서는 위대하시니까."

"맞다. 정식으로 신의 부름을 받진 않았지만 이 모든 것이 엠비뉴의 은총일 것이다."

전삼의 레벨이라면 어중간한 몬스터는 간단히 해치울 수 있다. 40미터 안쪽에서 던지는 단검술은 특히 뛰어난 장기로, 갑옷도 꿰뚫는 관통력을 가졌다.

그런데도 몬스터들을 간단히 해치우지 않고 밀리는 척하면서 기사들과 협력을 하였다.

위드는 사막 전사들에게 그냥 싸움만 가르치지는 않았다. 시시때때로 보여 주었던 온갖 꼼수와 잔머리, 얄팍한 계산, 그리고 들을수록 흐뭇해지는 아부들!

과거에는 이런 짓을 벌이는 게 그래도 위드 혼자였다면, 지금은 사막 전사 중에서 전삼이 위드처럼 행동을 했다.

―대제님이야말로 이 세상에서 존경할 만한 가치가 있는 유일한 분이며, 나에게는 아버지와 같은 분이다. 그분의 행동은 전부 정의이며 하나라도 더 닮고 싶다.

그릇된 우상화의 결과로 나쁜 성격과 얍삽함까지도 적극적으로 수용!

현재는 기사들과 섞여서 무난하게 대신전에 잠입하여 정탐을 하고 있었지만, 중요한 역할은 맡지 못하고 순찰과 외부 경비를 서는 신세였다.

성자 아헬른.

그는 노들레와 비슷한 시나리오대로, 일부러 포로가 되어서 드래곤을 위한 제물과 식량으로 쓰일 엘프들과 인간 사이에 뒤섞였다.

위드가 싫어하는 헤스티거도 대신전 안에 들어와 있었다.

그는 엠비뉴 교단의 수송대를 만나서 전부 해치우고 나서 식량으로 쓰이게 될 물소의 사체를 이용했다. 물소의 몸통 속을 다 빼내고 그 안에 웅크리고 들어가서 숨은 것이다.

"수송대가 왜 보이지 않지?"

"몬스터들이 공격한 건가?"

"신경 쓸 것 없다. 사제님들이 기다리시니 어서 식량이나 가지고 가자."

정찰대가 나타나서 헤스티거가 있는 마차를 대신전 안으

로 옮겨 왔다.

그는 현재 주방에 숨어서 때를 기다리고 있었다.

"어머, 여기에 사람이……."

그러다가 여자 노예에게 발각!

헤스티거는 시미터를 휘두르느라 거칠어졌지만 긴 손가락을 입술 앞에 댔다.

"놀라지 마시오. 이곳에는 싸우려고 들어왔지만 당신을 해치지는 않을 테니."

"누구시죠?"

"엠비뉴 교단은 이 세상에 기생하면서 아주 나쁜 일을 많이 저지르고 있소. 그들을 막기 위해서 오게 되었다오. 물론 당신은 내 말을 믿어 주지 않겠지만……."

"믿어요. 앞으로 어떻게 하실 거예요? 여긴 너무 위험한데요."

여자 노예는 잘생긴 헤스티거에게 홀딱 반하고 말았다. 외모와 분위기 덕에 설득력이 100% 발휘된 것이다.

"대제님께서 신호를 주시기만을 기다리고 있소."

"알겠어요. 그때가 되면 제가 도와 드릴게요."

마지막으로 조각술과 검술의 마스터 자하브, 그는 두 가지의 스킬을 효율적으로 활용했다.

"여긴 나쁜 놈들이 너무 많군. 이베인… 그녀를 본 지도 너무 오래되어 버렸어. 긴 세월이었지만 항상 그녀를 떠올리면서 살았으니 후회는 없지."

메마른 울부짖는 폐허에서는 홧김에 검술로 몬스터들을 싹 쓸어버렸다.

검의 기운이 줄기줄기 뻗어 나가서 몬스터들을 수십 개의 조각으로 만들어 버린다.

대적할 수 없는 강함의 증명!

자하브는 검술과 조각술의 마스터로 원래부터 충분히 강했다. 전쟁의 시대로 온 후 나이도 더 먹었지만, 그만큼 경험이 더 쌓여서 레벨이 오르고 더욱 강해졌다.

죽기 살기로 사냥만 하며 시간을 보낸 위드만큼은 아니더라도 거의 근접한 수준.

가끔 천재적이면서도 완벽한 전투에 대한 감각은 위드의 배를 아프게 만들 정도였다.

"죽일 놈들이 많군. 많아."

암석 지대에서는 적들의 탐색대가 다가오면 조각 은신술로 숨거나 검을 휘둘러서 단숨에 제압했다. 그리고 대신전 근처까지 와서 성벽을 넘지는 않고 휴식을 취했다.

"모르겠군. 적들이 너무 많고 강해. 그놈이 내가 할 일을 알려 주겠지."

그는 위드가 먼저 나서기만을 기다리고 있는 것이었다.

"이제부턴 어떻게 될지 가늠하기 어렵군."

유병준은 모니터를 보면서도 앞으로 무슨 일이 일어나게 될지 짐작을 하기가 어려웠다.

노들레의 동료들과는 구성에서부터 다르고, 현재의 위치나 능력, 역할에서도 차이가 난다.

위드가 결정적인 계기를 만들어 주지 않으면 다른 퀘스트 동료들끼리 무언가를 해내기는 어려울 거라는 점은 확실했다. 오래 숨어 있는 것은 불가능하니 엠비뉴 교단에 의해 발각되어 하나씩 죽임을 당할 수도 있지 않겠는가.

하지만 그럼에도 위드는 파수꾼들의 칭찬을 받으며 지금까지 탑을 쌓는 일만 충실히 하고 있었다.

지상으로 무너지는 탑

이른 새벽, 위드는 하늘로 오르는 탑의 140층에 서 있었다.

창문을 통해 보이는 바깥 세상에서는 어둠이 물러가면서 서서히 날이 밝아 오고 있었다.

"멋지군. 밤이 물러가고 아침이 밝아 오는 장면은 항상 힘을 주는 느낌이야."

붉은 태양이 저 먼 평원 너머로부터 솟구친다.

대지가 환히 밝아지면서 배회하는 몬스터 무리와 시체를 파먹는 까마귀들이 보인다. 그리고 대신전 근처에서 우글거리는 광신도들과 괴물들의 모습도 드러났다.

끔찍하기 짝이 없는 광경이, 태양의 떠오름과 함께 선명하게 보이는 것이다.

"이래서 비싼 아파트에 사는 사람들이 전망 좋은 고층을 선호하는 것일까? 강이나 바다가 보이면 조망권 때문에 가격이 훨씬 더 오르기도 하고……. 흠, 그래 봐야 고층 아파트에서 살면 답답하기나 하지. 매달 관리비도 많이 내야 되고, 마당에 고구마 심어서 캐 먹는 맛도 모를 테고 말이야."

위드는 등에 지고 있던 돌을 땅에 내려놓았다.

"좋든 싫든 이 짓도 이제 끝이군."

탑의 계단을 계속 내려오던 노르드족과 인간, 엘프, 바바리안들이 그를 힐끗 보았지만 다들 무관심하게 지나쳐 갔다.

철저히 노예근성에 찌들어서 당장 먹고사는 문제 외에는 신경을 쓰지 않는 것이다.

"오늘은 뭘 주지?"

"까마귀 수프라는군."

"오랜만에 고기 맛을 볼 수가 있겠어."

새벽일을 마친 노예들은 식사를 위해 탑을 서둘러 내려갔다.

오직 하루에 한 번, 아침밥 외에는 지급이 되지 않는다.

까마귀 수프도, 무엇을 넣었는지 모를 만큼 끈끈하고 느끼한 국물 외에 이빨에 씹히는 고기는 찾기 힘든 최악의 비율이었다.

엄밀히 말하자면 까마귀를 넣고 끓인 게 아니라 요리를 위한 거대한 솥단지에 우연히 까마귀가 떨어져 죽었다고 봐야

할 정도의 극악한 고기 비율!

까만 깃털조차도 제대로 건져 먹기가 힘들다.

위드가 피라미드를 만들면서 초보 유저들을 착취하기 위해 풀죽을 끓여 준 것은 그나마 양반이라고 할 정도였다.

'엠비뉴 교단에서 배울 점이 많아. 이렇게 철저하게 원가를 절감하면서 사업을 하면 성공할 수밖에 없지.'

엠비뉴 교단의 저력 역시 신도들과 노예들에 대한 착취로 시작이 되는 것.

"그러면 슬슬 시작을 해 볼까? 지금까지 노가다를 한 일당은 톡톡히 받아 내 주지."

위드는 묵직한 도끼를 손에 쥐었다.

숙련된 나무꾼의 벌목용 도끼 : 내구력 31/65. 공격력 14~25.
몇 대를 내려오면서 나무를 베어 온 도끼다.
녹이 심하게 슬어서, 땅에 버려 놓더라도 주워 가는 사람은 없을 것 같다.
두꺼운 데다 너무 커서, 전투용으로는 적합하지 않은 도끼!
그러나 오랜 사용으로, 정확한 도끼질로 나무를 찍으면 의외로 쉽게 벨 수 있다.
제한 : 힘 400 이상.
　　　레벨 140 이상.
　　　도끼 스킬이 없더라도 쉽게 다룰 수 있음.
옵션 : 숲과 산에서 나무를 벨 때 체력 소모를 감소시켜 줌.
　　　정확한 도끼질을 하였을 시에는 160%의 절삭력이 추가됨.

당연하지만 위드는 전투를 위해서 이 도끼를 꺼낸 것은 아니었다.

공격력이 형편없는 것은 물론이고, 상점에 매각을 하더라도 찾는 이들이 없어서 잘 팔리지 않을 도끼!

특히 도끼는 무게가 많이 나가기 때문에 상인들도 도시 내에서 구입하는 게 아니라면 기피하는 물품이었다.

"어디 해 볼까."

위드는 탑의 벽을 향하여 도끼를 내려쳤다.

슈우우우우우우우— 콰아아아아아앙!

벽을 부수며 작렬하는 도끼의 위력!

몬스터를 때려잡고 퀘스트를 하며 올린 레벨으로 인해서 도끼가 공기를 가르는 파공음부터가 남달랐다.

"역시 이 손맛이로군!"

위드는 벽을 종잇장처럼 부숴 놓으면서 계속 도끼질을 했다.

"몽땅 부서져 버려라."

탑의 무게를 지탱하는 기둥도 쳐 내고 무너뜨리고, 벽면을 박살 냈다.

워낙에 대단한 힘으로 건물을 부수기 때문에 도끼의 내구도 역시 금방 떨어졌다.

일반 검이 아닌 도끼는 방패나 갑옷에 부딪쳐도 꽤나 오래 쓸 수 있었지만, 돌기둥과 벽을 부수는데 멀쩡할 수는 없는

노릇!

위드가 양손으로 잡고 있던 도낏자루가 뚝 부러져 버리고 말았다.

-내구도의 저하로 인해 벌목용 도끼가 파괴되었습니다.

"도끼야 많으니까."

위드는 배낭에서 또 다른 도끼를 꺼냈다.

이번엔 파괴력을 늘려 주는 마법 도끼!

중앙 대륙에서의 전투 중에 입수한 도끼들이 많이 있었고, 상점에서도 흔한 무기와 도구라서 쉽게 구입할 수 있었다.

이것이야말로 하늘을 오르는 탑을 파괴하기 위한 비장의 무기.

엠비뉴 교단에 대한 동영상, 하늘로 오르는 탑을 보면서 위드는 이런 생각이 들었다.

'저건 어째서 무너지지 않을까?'

단단한 지반 위에, 또 마법으로 특별히 무게를 감소시키고 중요한 기둥들은 강화까지 했을 테지만 근본은 건축물이다. 그렇다면 부숴서 무너뜨릴 수도 있지 않겠는가.

"밑에서 돌을 하나씩 뺀다면 말이야, 한꺼번에 폭삭 주저앉으면 재미있을 텐데."

하늘로 오르는 탑을 파괴하기 위한 기발한 전략과 전술이 아니었다. 그냥 높은 건물을 보면 기둥을 무너뜨려 보고 싶은 심술!

콰아아앙! 콰아아아아앙!

위드가 도끼질을 할 때마다 두꺼운 기둥이 푹푹 파여 나가면서 맨살을 드러냈다.

돌로만 쌓아 올린 것이 아니라, 내부에는 특수한 맘모스의 뿔과 뼈들이 연결되어 있어서 높은 내구력을 자랑했다. 그렇다고 하더라도 위드의 도끼질이 서너 번 집중되면 한 줄기씩 끊어지고 말았다.

"열 번 찍어 안 넘어가는 나무 없다고, 천 번 찍어서 안 쓰러지는 탑도 없겠지!"

무지막지한 파괴력에 의해 벽과 기둥들이 박살이 나고 있었다.

딱 보기에도 두껍고 중요한 기둥 5~6개쯤을 부술 때까지만 하더라도 탑은 미동조차 없었다. 하지만 그 이후부터는 도끼질을 할 때마다 약간씩 흔들렸다.

지금은 그 흔들림이 미미하고 잠깐잠깐 느껴질 정도이지만 점점 더 커지고 있었다.

적당한 공포심과 상상력이야말로 사람을 흥분되게 만든다. 이렇게 계속 도끼질을 하면 그 이후에는 과연 어떻게 될까!

"어릴 때 엄마를 따라서 갔던 수족관. 피라니아가 살고 있는 어항에 손을 담가 보았던 그때만큼이나 아주 짜릿하군."

그야말로 환상적인 공포감!

140층에서는 탑의 요동이 크지 않더라도, 구름 너머까지 한참이나 뻗어 있는 최상층부는 이미 심하게 흔들리고 있었다.

도끼질로 인해 벽과 기둥이 무너지면서 워낙에 큰 소리가 나자 엠비뉴의 파수꾼들에게도 비상이 걸렸다.

"무슨 소리지?"

"뭐가 부서지고 있는 것 같다."

탑에 있는 파수꾼들이 수색에 나섰다.

워낙에 높고 넓은 탑이라서 중간중간에 배치된 파수꾼들의 숫자를 다 합치면 5,000이 넘었다. 10층마다 있는 층계 관리자 등까지 합치면 준보스급, 보스급 네임드 몬스터들이 우글거리는 장소였다.

"울려서 잘 알 수가 없다. 어디서 들리는 소리지?"

"위층이다!"

파수꾼들은 위드가 있는 위치를 즉시 찾아내지 못하고 약간 헤맸다.

도끼질을 하는 소리가 건축물을 타고 흐르기 때문에 평지와는 달리 정확한 높이와 위치를 파악하기가 힘들었다. 하늘로 높이 뻗어 나가는 것에만 관심을 두고 실내 구조도 복잡하게 지어진 탑 때문이기도 했다.

계단들도 이상하게 꼬여 있어서, 위드가 있는 140층으로 가려면 반드시 137층에서 한번에 올라와야 한다. 혹은 144

층에서 내려오는 방법도 있었다.

140층은 중간에 있으면서도 연결 통로가 적어서 마치 외딴섬 같은 곳이었다.

"놈이 여기 있다!"

"노르드족 따위가 감히 엠비뉴에 맞서려고 하는가!"

위드가 세 번째 도끼를 바꿔 들었을 때에 파수꾼 10명이 그를 발견하고 다가왔다.

"트리플 스윙!"

"쿠억!"

초보 수준의 도끼 스킬에 몰살!

하지만 파수꾼들은 계속 줄지어서 올라왔다.

"경험치와 잡템은 거부할 수가 없는 유혹이란 말이야."

위드는 놈들이 나타나기만 하면 해치워 버리려고 계단 근처에서 작업을 하고 있었다.

계단을 통해서 뛰어 올라오는 적들은 위드에게 별문제가 되지 않았다. 껄끄러운 사제가 출현하더라도, 거리가 좁고 옆으로 신성 마법을 피할 공간이 있어서 별로 상관이 없었다.

"140층이다."

"놈을 죽여!"

파수꾼들이 위아래로 고함을 내지르는 소리도 들렸다.

하늘로 오르는 탑의 비상사태!

파수꾼들은 자신들이 지키던 자리를 벗어나서 떼를 지어

거침없이 몰려왔다. 엠비뉴의 총본영이니만큼 파수꾼도 우글거렸다.

"너는 일을 잘하던 그 어린 노르드족! 갑자기 미치기라도 한 것이냐?"

파수꾼 중에 위드를 알아보고 질타를 하는 놈도 있었다.

"엠비뉴의 뜻을 거스르는 자에게는 어떠한 정당성도 없다. 당장 멈추면 사지를 소금에 절여서 까마귀의 먹이로 던져 주는 정도에서 멈춰 주겠다!"

위드도 불만은 만만치 않게 쌓여 있었다.

"일을 마구 시키는 건 좋아. 힘들고 위험한 게 노가다의 실체니까. 그렇지만 임금 체불만큼은 참을 수 없다!"

악덕 고용주에 대한 반발!

"일곱 번의 휘두름!"

띠링!

―도끼 스킬이 상승했습니다. 도끼의 파괴력이 130%로 강화됩니다. 공격 속도가 5% 빨라집니다. 도끼에 실리는 무게가 14% 더해집니다.

초급 3레벨!

위드의 레벨이 높아서 파수꾼들이 약해 보이는 것이지 절대 호락호락한 녀석들은 아니다.

적어도 레벨 300대 중후반, 똥개도 자기 집 안마당에서는 반은 먹고 들어간다는데 엠비뉴의 가호까지 받는 파수꾼들이니 절대 약하지는 않았다.

그렇기에 도끼를 다루는 스킬도 금방 늘어만 갔다.

하지만 워낙 스킬 레벨이 낮고 공격 범위도 짧아서, 대량의 적들과 싸우기에 적합한 물건은 아니었다.

"이 나쁜 건축업자들아!"

위드는 파수꾼들의 공격 정도는 무시한 채 적들에게 도끼를 휘둘렀다.

파수꾼들의 공격은 어차피 맨몸으로 맞더라도 막대한 생명력을 조금 떨어뜨릴 뿐이었다. 원래 약한 노르드 종족의 특성상 인간일 때보다도 전투력은 떨어지지만 맷집만큼은 약간 더 좋았다.

계단을 통해 계속 몰려오는 파수꾼들을 해치워야 하기에 기둥 파괴는 갈수록 지체되었다.

그러다가 위드의 머릿속을 스쳐 지나가는 생각.

'어차피 건물을 통째로 부숴 버릴 건데 계단을 그냥 놔둘 필요가 있나?'

나중에 건물을 내려가려면 필요하긴 하다. 하지만 지금은 귀찮게 구는 파수꾼들을 처리하는 게 우선이었다. 파수꾼들로부터 계속 방해를 받다 보면 하늘로 오르는 탑의 최상층부에 있는 보스급 몬스터들이 우르르 내려올 수도 있는 것이다.

엠비뉴 교단에서는 하늘로 오르는 탑에 심혈을 기울이고 있는 만큼 이곳의 책임자들 역시 대사제급은 아니더라도 그들보다 약간 못한 정도다.

대사제 잉그리그와 모툴스를 죽이면서 고생했던 것이 불과 얼마 전의 일이라서, 그들과 전투를 벌이는 결과까지는 결코 바라지 않았다.

"에라, 모르겠다!"

위드는 도끼를 내리쳐서 계단과 연결된 구조물들을 과감하게 부숴 버렸다.

"노, 놈이……."

"계단이 떨어진다. 으아악!"

140층만이 아니라 위층에서, 그리고 아래층에서 연결된 계단들이 한꺼번에 우르르 무너져 내렸다. 파수꾼들도 덩달아 엉키고 깔리면서 아래로 떨어졌다.

이제부터 아래층에서는 더 이상 올라올 수가 없게 되었다. 무너진 계단의 잔해가 아예 밑에 있는 통로들을 꽉 틀어막아 버린 것이다.

위층의 파수꾼들은 계단이 있던 무너진 자리를 통해서 계속 뛰어내렸다.

"생살을 찢어 버릴 저놈을 죽여라!"

"엠비뉴의 거대한 역사가 이루어질 일을 방해하려는 놈을 처치하라!"

계단은 없어졌지만 파수꾼들은 더욱 빨리 늘어났다.

그래 봐야 도끼질 한두 번에 죽을 파수꾼들이었지만 갈수록 극성을 부린다.

"이판사판이야!"

위드는 도끼로 땅을 내려쳤다.

쿠우우우웅!

파수꾼들이 착지할 바닥 면을 부숴 놓아서, 계단을 뛰어내리면 계속 아래층으로 떨어지도록 했다.

"으와아아아악!"

"엠비뉴시여어어어어어."

검거나 잿빛의 돌들이 쌓여 있고, 중간중간에는 각종 몬스터와 인간의 뼈까지도 튀어나와 있다. 원래 감옥 같은 느낌을 물씬 풍기던 탑이었지만 내부까지 부서지자 미관상으로 완전히 엉망진창이 되었다.

하늘로 오르는 탑을 몽땅 부숴 버리기로 한 마당에 바닥 조금 파괴하는 것이 무슨 대수이겠는가.

다리 쭉 펴고 살 수 있는 내 집 마련을 위해 평생을 일한다고 해도 과언이 아닌 대한민국 사람으로서 마음이 아무렇지도 않은 건 아니었다. 그렇지만 막상 부수다 보니 재미도 있었다.

언제 이런 거대하고 높은 건물을 부숴 볼 것인가.

"우와, 높다."

"진짜. 저런 건물 무너지면 대박이겠다."

어린 초등학생들이 63빌딩을 보면서 감탄하는 것과도 흡

사한 동심의 원리!

"부술 때는 화끈하게 부숴 버려야지."

이렇게 파수꾼들의 방해도 사라지자 위드는 거침없이 도끼질을 하며 기둥들을 부숴 놓았다.

처음에는 그렇게도 단단하던 기둥들이었는데, 이제 조금만 도끼질을 해서 일부만 깨뜨려도 쉽게 박살이 나서 파편들이 흩어졌다.

탑의 상층부로 이어지면서 천문학적인 무게를 떠받치고 있는 기둥들이다. 일부 기둥들이 깨지고 쓰러지다 보니 남아 있는 기둥들에 더 막대한 하중이 실리는 바람에 더욱 취약해지고 있었던 것이다.

"내 키가 커졌나? 아까보단 천장이 가까운데……."

위드가 있는 140층이 왠지 위아래가 조금 낮아진 것처럼 보였다.

이는 착각이 아니었다. 실제로 천장이 약간이나마 내려오고 있었다.

쩌저저저저적!

기둥 30개 정도가 파괴되고 나서부터는 천장에 일자로 쭉 균열이 심각하게 일어났다. 그뿐만 아니라 탑의 하중을 떠받치던 돌기둥들도 거대한 무언가가 짓누르는 것처럼 으깨지면서 아래층으로 파고들어 가기 시작했다.

"이제부턴 멈출 수가 없겠군."

위드도 조금 신중해졌다.

잠을 잘 때도 누울 자리를 보고 다리를 뻗으라고 했다. 하물며 지금 자신이 하는 행동이 얼마나 위험한지는 정말 잘 알고 있었다.

조각술의 비기인 대재앙을 일으키면서도 위험 의식이 약간씩은 느껴졌지만, 건물 안에서 기둥들을 부수고 있는 지금만큼은 아니었다.

"이 기둥은 확실히 쓰러뜨려야 되고… 저 기둥은 더 급해!"

1초의 낭비도 없이 움직이지 않으면 탑의 붕괴가 원하는 대로 일어나지 않는다. 위드는 바로 하늘로 오르는 탑을 대신전을 향해서 무너뜨리려는 계획을 갖고 있었던 것이다.

이른바 꿩 먹고 알 먹고, 공짜 해외여행 하고 복권 당첨되기!

쿠그그그궁! 꽈드드득!

천장과 바닥 할 것 없이 점차로 무너졌다. 기둥들이 비틀리면서 저절로 부서지고 기우뚱 휘어지려고 했다.

절체절명의 위기 상황.

탑이 그대로 가라앉아서 깔린다면, 이건 위드라고 해도 살아남을 재주가 없었다.

위드의 머리 위로 돌 조각들이 계속 떨어졌다.

―파편에 부딪쳐서 생명력이 31 감소하셨습니다.

거의 의미도 없는 생명력의 피해 정도는 상관할 필요가 없었다.

'아직까지는 계획대로 이루어지고 있는 것 같은데 말이야. 역시 나의 두뇌는 천재적이로군. 학창 시절에 공부를 못했던 건 내 잘못이 아니라 다 실력이 부족했던 선생님들 탓이었어!'

지금까지 위드는 탑의 동쪽, 대신전이 있는 방향의 기둥만 의도적으로 부숴 놓았다.

하지만 기뻐하는 것도 잠깐이었고, 탑의 하중이 나머지 기둥들에 분산되면서 무차별적인 파괴 현상이 일어나기 시작했다.

140층이 아니라 133층, 121층 등에서도 기둥들에 무작위적으로 균열이 일어나더니 무너지고 깨졌다.

어느 순간부터는 탑이 통째로 휘청휘청 흔들리면서 걷잡을 수 없는 무게로 인한 파괴력으로 하부가 부서져 나갔다.

가장 높은 탑의 최정상부는 사방으로 수백 미터를 흔들거릴 정도로 탑 전체의 진동이 심각해지고 있었다.

위드는 동쪽 기둥들만 부숴 놓으면 그 방향으로 쓰러지게 될 줄 알았지만, 일은 의도대로 그렇게 단순하게 진행되지 않았다.

"으아, 저게 저렇게 되냐."

위드의 모험은 방송국들을 통해서 전 세계에 동시 중계되고 있었다.

오늘 벌어지기로 되어 있는 모험을 얼마나 많은 시청자들이 손꼽아 기다렸는지 모른다.

로열 로드와 관련이 있는 모든 게임 방송국, 심지어는 일반 방송국들까지도 경쟁적으로 나섰다.

대한민국이 아닌 외국에서의 로열 로드 열풍은 약간 늦게 불기 시작했지만, 지금은 그 격차가 거의 느껴지지 않을 정도로 미미했다.

시간적인 여유가 많은 만큼 다양한 취미의 여가 생활을 즐기는 외국인들에게 무엇이든 할 수 있는 로열 로드는 빠져들 수밖에 없는 충분한 요소를 갖춘 것이었다. 뒤늦게 시작된 만큼 더 광적인 인기를 누릴 정도였다.

지금 이 순간, 방송을 보고 있던 전 세계의 건축가들은 거의 동시에 깊이 탄식했다.

"저런 건 건드리면 안 되는데."

"구조역학 계산을 하려면 열흘, 아니 100일은 꼬박 걸리겠다."

"시도는 좋았지만 변수가 너무 많았어."

탑을 원하는 대로 파괴하기 위해서는 정밀한 계측과 까다로운 계산이 필요하다. 건축물의 정확한 설계도를 기본으로 하여 인장 강도, 각 층마다 걸리는 하중도 기본으로 알아야 했다.

파괴를 시작할 최적의 높이와 위치를 결정하는 데에만 최소한 며칠은 걸리리라.

워낙에 높고 큰 건물이기에 순간적으로 탑을 가라앉힐 정도의 파괴력을 단번에 발휘하기는 무리다. 그냥 원하는 방향으로 쓰러지는 행운이 생길 수도 있지만, 위치나 방법으로 볼 때 아예 그냥 아래로 통째로 와르르 무너져 내려서 전부 깔려 죽을 가능성이 훨씬 높지 않겠는가.

순차적으로 파괴하면서 원하는 방향으로 쓰러뜨리려면 바람의 영향과 붕괴 속도, 지형의 기울어짐, 구조에 따른 하중의 변화, 기둥을 쓰러뜨려야 하는 시간까지도 정확하게 맞춰야 했다.

이 모든 것들을 전반적으로 고려하자면, 수학적인 계산을 통해서 이론적으로도 가능하긴 할 테지만 실제로는 불가능에 가까웠다.

강한 몬스터들의 부산물까지 사용되어 기둥들의 강도가 복잡다단한 데다 저마다 다르다. 각 층마다 면적도 다르다. 탑의 설계도가 있었던 것도 아니고, 정밀 도구를 써서 탑의 중요 부분들을 측정하지도 않았다.

그저 돌을 들고 나르면서 대충 눈으로 보고 나서 직관적으로 파괴점들을 찾아내다니 이 얼마나 단순한 발상인가.
 최고 수준의 건축가라고 하더라도 이렇게 높은 건물을 원하는 대로 쓰러뜨려 본 경험을 갖고 있진 않다. 물론 상식적으로 이렇게 높고 거대한 탑이 세상에 존재할 수도 없겠지만.
 강철의 강도를 수십 배 능가하는 매우 특수한 재료들과 신비로운 마법의 힘이 없었다면 절대 불가능했을 건축물.
 그럼에도, 건축가들은 어쨌든 감탄을 하지 않을 수가 없었다.
 "엉뚱하고 단순하지만 천재적인 시도였어."
 복잡하지 않은 어린아이처럼 순수한 판단.
 머릿속에 든 게 많으면 일이 잘못되었을 경우에 대한 걱정들 때문에 아무것도 해내지 못한다.
 다만 그 이후의 결과가 어떻게 이어지게 될지는 건축가들 또한 짐작할 수가 없었다.
 위드는 무너지는 건축물의 내부에 있다. 천장이 떨어지고 기둥들이 힘없이 쓰러진다.
 그처럼 무서운 환경도 또 없으리라.
 건축에 대해 문외한이라고 하더라도 현재 하늘로 오르는 탑만큼 위험한 것이 없다는 것 정도는 충분히 느꼈다.
 심장이 오그라들고 머리털이 쭈뼛 서는 듯한 이 느낌은, 위드가 벌이는 모험의 전매특허와도 같았다.

위드는 주위를 둘러보았다.

"상황이 어째 조금 안 좋은 것 같은데."

그가 있는 장소뿐만 아니라 탑 전체가 일그러지면서 계단도 붕괴 현상으로 연쇄적으로 무너져 내리고 있었다. 외부로 뚫려 있는 창도 눌려서 막히거나 위에서 돌덩어리가 우수수 떨어져서 위험하기 짝이 없다.

모든 것이 악화되면서 급박하게 흘러가고 있었지만 사람이 죽기 직전에는 자신의 인생을 한순간에 돌이키게 되는 것처럼 깊은 생각에 잠기게 되었다.

'난 왜 매번 이렇게 되는 걸까.'

의도나 계산, 혹은 행동이 잘못된 것일까. 아니면 단순히 재수가 없는 것일까.

'양쪽 다 최악일 수 있겠지. 웬만해서는 이런 확률이란 나오기 힘드니까.'

그렇다고 해서 포기하지는 않았다.

위드가 로열 로드를 하면서 깨달은 점이 있다면, 자신의 생존력이 매우 뛰어나다는 것이었다. 극한의 상황에 몰리게 될수록 악착같이 살아남으려고 한다.

평소에는 다른 사람 눈치를 보는 것 외에는 잘 굴러가지 않던 머리가, 목숨이 오가는 상태가 되면 아주 빠르게 회전

한다.

이 머리로 공부를 했더라면 사법시험에도 합격하고 나서 사기꾼이 되었을 것이다.

"살 수 있다. 나는 살 수 있어."

위드는 빠르게 주변을 둘러보면서 이용할 것을 찾았다.

남아도는 것은 바위들이었다.

자신이 짊어지고 가져왔던 돌, 그리고 천장에서 무지막지하게 추락하고 있는 돌 더미.

바로 위층만이 아니라 탑 전체가 붕괴의 과정에 있었기에 돌들이 계속 떨어진다.

이제는 더 이상 도끼질을 할 필요도 없이, 이렇게 진행이 되다가 탑이 한꺼번에 무너지게 되리라.

그 잔해에 깔리게 되면 끝이라는 말밖에는 달리 떠오르지 않았다.

"지금 쓸 만한 건 조각술밖에 없어."

위드는 조각칼을 꺼내 들었다.

노르드 종족의 몸은 전투나 탈출에는 조금도 유리하지 않다. 육체를 바꾸어서 현재의 상황에 적응을 해 나가야 한다.

사사사사사삭.

위드의 조각칼이 신들린 듯이 움직였다.

조각술 최후의 비기 퀘스트를 하는 동안에는 조각품을 깎을 시간이 정말 모자랐다. 고급 9레벨의 조각술의 마지막 단

계는 지긋지긋할 정도로 오르지도 않았다.

하지만 이번만은 조각술이 대단한 도움이 되리라.

그렇게 이득을 얻으면서도 위드는 여전히 조각술에 관해 불만이 많았다.

"모험이나 전투, 예술 분야에서는 조각술이 정말 좋아. 돈까지 잘 벌어다 주면 더 바랄 게 없겠는데."

물에 빠진 사람 구해 주었더니 아파트 무료 분양에 평생 연금이라도 주기를 바라는 격!

탑이 무너지기 전에 작업을 마무리해야 했으므로 위드는 조각칼을 가지고 직접 운반해 온 돌을 미친 듯이 빠르게 깎아 냈다.

슥삭슥삭.

손이 제대로 보이지 않을 정도의 속도.

사과처럼 매끄럽게 잘려 나가는 바위.

급할수록 돌아가라는 말도 있지만, 그러다가는 비명횡사하기 딱 좋다. 급하면 더 빨리 움직여야 한다.

조각술은 이제 몸처럼 익숙해져서, 생각하는 대로 형상이 다듬어지고 있었다.

전투나 퀘스트를 진행하면서도 조각술을 생각하다 보니 온갖 엉뚱한 작품들이 다 떠오른다.

예술가들은 그렇게 떠오른 작품들을 만들고 전시를 하면서 사람들에게 알리고 창의적이고 독창적인 개성을 추구해 나간다. 철학과 사상, 깊이가 담겨 있는 작품들은 문화로서 사람들의 감성을 풍부하게 했다.

위드는 보통 아름답거나 실용적인 작품들을 선호했다.

'안 그래도 매년 물가 오르는 물건들 생각하면 머리가 터질 것 같은데 무슨 복잡한 생각을 하고 살아. 예쁘고 쓸모만 많으면 되지.'

간단한 이유!

이번에 깎고 있는 조각품도 이해하기 어려운 것이 아니라 정말 쉬운 것이었다.

엠비뉴의 괴물!

생명력이 높고 괴력을 발휘할 수 있는, 흉악하기 짝이 없는 괴물을 택했다.

흉가에서 한 400년은 살았을 것 같은 희고 주름 가득한 피부에, 파리와 모기를 전문적으로 잡아먹을 수 있는 긴 혓바닥!

조각을 하면서 바위에 있던 층층이 겹쳐진 것 같은 이상한 무늬들과 미세한 균열들은 가뜩이나 안 좋은 인상을 더 험하게 만들었다.

건장한 체격은 바바리안을 닮았지만 얼굴과 몸의 피부는 뱀에 가까운 인간형 괴물이라고 봐야 했다. 게다가 발바닥에는 잘 미끄러지지 않도록 갈퀴가 달려 있었으며, 겨드랑이 부분에는 박쥐처럼 얇은 날개도 달리게 했다.

머리도 길쭉하니 크고 비늘로 덮여서 완벽한 대머리였다.

'옛날이었으면 이런 조각품은 절대 못 만들었을 거야.'

위드는 조각품을 깎으면서도 돈에 대한 생각을 했다.

자신이 모험을 하면 방송을 통해서 관련 조각품들도 대히트를 친다.

와이번, 빙룡, 누렁이 인형들이 완구 시장에서 무섭게 팔려 나가고 있는 것만 봐도 알 수 있었다.

물론 그 수익금 중의 일부는 통장에 차곡차곡 적립이 되었다.

본 드래곤을 해치웠을 때의 근원의 스켈레톤은 또 어떠했는가. 외관상으로는 그리도 볼품이 없는 뼈다귀였지만 요즘 어린아이들은 정말 좋아한다.

근원의 꽃게과자.

근원의 양념고구마.

근원의 눈에보이네.

제과업체와 계약을 해서 과자들까지 출시되었다.

남자와 여자아이를 가리지 않고 해골 인형들을 수집했다.

모든 학부모들의 치를 떨리게 하는 아이의 말.

"엄마, 나 저거 사 줘."

"사 주기 전에는 절대 안 가. 우에에에에엥!"

위드의 모험에 나온 조각품들을 사 주기 전에는 결코 울음을 그치지 않는 요즘 아이들.

그럴 때마다 부모님들은, 잠깐이지만 자식을 낳고 먹은 미역국을 후회할 수도 있을 것 같았다.

"아이들이야말로 노후를 위한 돈주머니지. 어린아이들 용돈으로 먹고사는 직업이라니… 이 얼마나 안정적이란 말인가."

이제는 위드가 어떤 조각품으로 변신을 하더라도 대인기를 누린다.

키 크고 잘생긴 조각품이 아니더라도, 오히려 이상할수록 특징이 강하다고 잘 팔렸으니 뭐든 떠오르는 대로 조각할 수가 있었다.

이번 조각품은 뱀 머리에 악어처럼 두꺼운 팔다리가 달려서, 정말 역사상으로도 최악의 외모를 자랑했다.

카리취가 정말 무섭게 못생겼다면, 이번의 조각품은 소름 끼치도록 못생긴 데다가 무섭기까지 한 정도!

"조각 변신술!"

―조각 변신술을 사용합니다.
　조각술에 대한 무한한 애정은 그 조각품과 조각사를 서로 닮게 만든다!

피부와 겉모습이 빠르게 바뀌었다.

조각품의 형상에 따라 입도 거의 귀까지 찢어지게 되었지만, 체격은 거의 그대로라서 원래의 장비들을 착용할 수 있었다.

―조각 변신술의 영향으로 힘과 민첩이 크게 증가합니다.
매력이 최저 수준으로 하락합니다.
예술 스탯이 절반으로 줄어듭니다.
인내력과 맷집, 행운이 대폭 상승합니다.
조각 변신술이 풀릴 때까지 유효합니다.

"급하게 만들었지만 완벽하군."

위드는 매력 스탯이야말로 무참히 떨어져도 된다고 생각했다.

매력이 있으면 피부가 밝고 화사하게 바뀌면서 전체적인 몸매의 윤곽선도 개선된다. 특히 여성 유저들의 경우에는 매력이 100이었을 때와 200으로 올렸을 때 특정 부위의 몸매가 달라져서 매우 예민한 사항이었다.

그렇지만 위드가 언제 몸매나 얼굴을 생각하면서 살았던가.

얼굴이 조금 잘생겨진다고 해서 없던 애인이 생기는 것도 아니고, 그걸로 먹고살지도 못한다.

서윤과 친하게 지내는 건, 솔직히 외모와는 관련이 없다. 그녀와 어울리려면 매력 스탯이 적어도 20만 정도는 되어야 할 텐데, 그런 일은 절대 벌어지지 않을 테니까.

"내 얼굴로도 라면 끓여 먹고, 참외 깎아 먹고, 낮잠 자는 데에는 전혀 지장이 없었어!"

쿠르르르르르르릉!

탑의 진동이 심해지자 위드는 두 팔과 두 다리를 땅에 붙였다.

 이젠 앞으로 이 탑에서 어떤 일이 벌어지더라도 놀랄 것이 없다. 모든 것이 느리지만 무너지는 한계 지점을 향해 나아가고 있었다.

 쿠그긍!

 탑 전체의 움직임이 갑자기 벼락이라도 맞은 듯이 멈췄다. 시끄러운 소음으로 가득하던 온 사방에 갑작스럽게 찾아온 고요함.

 "뭐야, 끝난 건가?"

 하지만 미세하게 쥐 떼가 찍찍거리는 듯한 소리가 쉬지 않고 들렸다.

 중앙 기둥들에 미세한 균열들이 마구 그어지고 있었던 것.

 붕괴가 눈에 크게 보이지는 않지만 계속 지속되고 있다는 증거였다.

 "지금이야."

 위드는 앞에 쌓여 있는 잔해들을 뛰어넘으면서 달렸다. 그리고 두 팔과 두 다리를 모으면서 외부로 뚫려 있는 창문으로 몸을 던졌다.

 가히 액션 영화에 주로 나오는 듯한 멋진 모습.

 영화에서 주인공들은 낙하산을 가지고 있었지만 위드는 그렇지 못했다.

140층이라는 높이는 위드라고 하여도 그냥 추락하기에는 매우 큰 부담이었다.

'탑에서 무사히 탈출을 하는 것까지는 좋아. 땅으로 추락하더라도 생명력이 엄청나게 높으니까 죽진 않을 거야. 근데 덤벼들 적이 많기도 하군.'

공중에서 추락을 하며 지상을 보니 엠비뉴의 병력이 개미 떼처럼 바글바글하지 않은가.

이미 엠비뉴의 모든 병력은 비상 출동을 하고 있었다. 하늘로 오르는 탑이 기우뚱 흔들리고 돌 더미가 아래로 떨어지고 있으니 그 소란을 모를 수가 없었다.

"엠비뉴 신을 영접하기 위한 탑이다. 무너지지 않도록 막아라."

"모든 사제들은 능력을 발휘한다."

엠비뉴의 사제들이 신성력을 발휘하였다.

탑의 무게를 가볍게 하고, 구조를 단단하게 하며, 끊어진 연결 부위를 접합하고, 벽면을 떠받치는 신성 마법들이 펼쳐졌다. 원래 엠비뉴 교단에서는 이러한 신성 마법을 가지고 있지 않았지만, 하늘로 오르는 탑을 건설하면서 개발했던 것이다.

또한 탑의 중간중간마다 인부들이 들어가지 못하는 장소에 보존 마법진과 마력구 등을 설치해 놓았다.

탑이 물리적으로 감당할 수 있는 무게의 한계를 넘어서 웅장하게 계속 지어질 수 있도록 하기 위한 마법진들!

그 마법진들이 암흑의 빛을 발산하면서 작동되어서 기둥에 실리는 하중을 상당히 낮추어 주었다.
 엠비뉴에 종속되어 있는 중대형 괴물들도 탑의 내부로 뛰어들었다. 그들은 무너지고 있는 기둥과 천장을 어깨와 등으로 떠받쳤다.
 꾸에엑!
 꽥!
 괴물들은 몸이 짓눌리면서도 탑의 붕괴를 막고 있었다.
 "뭐야? 조금 이상하군."
 위드는 탑의 붕괴가 잠깐이지만 멈춘 것 같아서 이상했다. 탑이 기울어지고 부서질 것 같아서 탈출을 했던 것인데, 아래로 떨어지는 동안 굳건하게 지탱하고 서서 쓰러지려고 하지 않는 것이 아닌가.
 "날로 먹는 게 정말 하나도 없네."
 촤라락!
 위드는 두 팔을 뻗어서 얇은 청색 피막으로 되어 있는 날개를 펼쳤다. 하늘을 날진 못해도 떨어지는 속도를 조금이나마 줄여 냈다.
 "에라, 모르겠다."
 그러고는 날개를 이용해서 바람을 타고 공중에서 방향을 바꿔 다시 탑의 벽면에 달라붙었다.
 쿠르르르르룽!

탑이 약해진 영향인지, 천천히 흔들리면서 돌덩어리들이 조금씩 떨어지고 있었다.

낙석 주의!

까마득히 높은 곳에서 떨어지는 돌덩어리들은 무서운 위력을 담고 위드를 스쳐 지나갔다.

"고층 빌딩 유리창 닦는 일을 하는 느낌이군! 일당을 많이 챙겨 준다고 해도 위험해서 하지 않았는데……. 내가 하는 모험은 말이 좋아서 모험이지 온갖 노가다의 종합 세트야!"

돌덩어리들은 크기도 다르고 떨어지는 방향도 조금씩 차이가 있다. 중간에 돌끼리 부딪쳐서 갑자기 방향이 바뀌는 경우도 있었으니, 피하는 것만 해도 신경을 상당히 곤두세워야 했다.

"이놈의 인생은… 욕을 그만해야지. 진짜 왜 갈수록 힘든 일만 반복되는지."

위드는 불평을 내뱉으면서도 거미처럼 탑의 벽면을 타고 빠르게 위로 달리기 시작했다. 창문과 깨진 돌벽의 틈새 등, 손과 발을 디딜 곳은 많았다.

낙석들을 피해서 수직에 가까운 각도를 비스듬히 옆으로 돌면서 위로 계속 올라갔다.

위드가 처음 떨어져 내렸던 140층을 금방 지나서 160층, 180층을 넘어갔다.

발 디딜 틈만 넉넉하다면 신기에 가까운 도약으로 한번에

2~3층도 건너뛰었다.

막상 뛰는 위드도 도약을 하면서는 숨이 멎을 것처럼 아찔한데 보는 시청자들이야 얼마나 오금이 저리겠는가!

인간 바퀴벌레의 새로운 장기로 부르기에도 충분한 상황이었다.

피유우우우우웅!

위드가 막 이동하자마자 머리를 스치며 떨어지는 돌덩어리!

'이 부근에서 방법을 쥐어짜 내야 돼. 탑이 무너지는 걸 억제하지 못하도록 해야 되고, 기왕이면 대신전을 향해 무너지게 해야 한다.'

탑은 위층으로 오를수록 더 심하게 흔들리고 있었다. 사제들의 강화 마법으로도 이런 고층까지는 제대로 억제가 되지 않는 것이리라.

'이대로 놔두면 무너질지 무너지지 않을지 대충 반반 정도로 보이는데. 원상태로 복구하기도 상당히 힘들 것 같고 말이야.'

조금 지켜본다면 하늘로 오르는 탑 붕괴 퀘스트는 무난히 완수될 가능성이 있을 듯했다. 하지만 만의 하나 일이 어떻게 될지 모르니까 지금 확실하게 처리하는 것이 좋다.

"결정했다. 이거나 먹어라. 달빛 조각 검술!"

위드는 213층에서 말살의 검으로 벽면을 강하게 후려쳤다.

스킬이 작렬하면서 반발력에 의해 다시금 튕겨 나가서 조금 추락하다가, 날개를 펼쳐서 209층 위치에 착지했다.

"가는 데까지 가 보자!"

콰과광!

대신전을 등지고 탑을 오르내리면서 검을 휘둘러서 마구 부쉈다.

충격으로 다시 탑이 흔들리면서 소나기처럼 떨어지는 돌덩어리들!

수백 층 위의 돌들까지도 우수수 떨어지고 있었기 때문에 갈수록 낙석들이 많아졌다.

위드는 아예 고개를 쳐들어서 위를 보면서 탑을 향해 검을 휘둘렀다. 도저히 피하지 못할 상황이면 벽을 놓아 버리고 아래로 떨어져 내리다가 창문을 통해 부실한 건물의 내부로 잠깐 들어갔다 나왔다.

커다란 돌덩어리들의 경우에는, 그것을 지지대 삼아서 연속으로 도약하면서 수십 미터씩 솟구쳤다.

붕괴하려는 탑에서 일어나는 짜릿한 고공 액션!

금방이라도 돌에 맞아서 그 충격으로 떨어져 내릴 것만 같지만 아슬아슬하게 계속 피해 나갔다.

그렇지 않아도 현재의 외모는 그다지 호감형은 아니었는데 멀리서 본다면 영락없이 파리나 모기를 방불케 할 정도였다.

하늘로 오르는 탑이 위기에 처하자 지상에 모여든 몬스터들과 광신도들도 돌덩어리에 맞아서 무수히 많이 죽어 나갔다.

탑의 요동이 심상치 않은 상황에 처하자 내부에 있던 파수꾼들은 문을 통해 계속 빠져나오고 있었다.

"탄생의 힘, 흑기사의 일격, 다른 하나의 검!"

위드는 마스터급의 전투 스킬들을 쓰면서 탑을 올라갔다.

250층을 넘어서부터는 탑이 흔들릴 때마다 수십 미터씩 좌우로 움직였다. 잠깐 공중으로 뜬 사이에 저 멀리 떨어졌던 탑이 무시무시한 속도로 피할 수도 없도록 가까워졌다.

"커억!"

-하늘로 오르는 탑 건축물에 적중되었습니다.
생명력이 31,386 감소합니다.

탑에 두들겨 맞는 진귀한 경험을 하면서 위드는 하늘에서 100미터가 넘게 날아갔다.

파다다닥!

좁은 날개라도 펼쳐서 움직이며 다시 방향을 잡아 탑에 매달렸다.

"놀이공원에 이런 장난감이 있으면 참 좋을 텐데. 나만 이런 고생을 하지 않아도 다들 한번씩 겪어 보게 될 테니까!"

진짜로 만들 수도 없지만, 설혹 있다면 놀이공원에서의 사

망자만 하루에 수천 명씩 발생할 환경!

"이 정도 했으면 무너져도 되잖아!"

위드가 고함을 질렀다.

돌덩어리들을 피하기도 어렵지만, 탑의 옆면을 부수는 것도 어디 보통 위험한 일이던가.

"조각 파괴술! 이 모든 것이 힘이 되어라!"

작업을 빨리하기 위해 걸작 조각품을 부숴서 힘을 크게 늘렸다.

어쨌든 지금까지 대신전이 있는 방향의 벽과 기둥들을 제법 많이 부숴 놓았다. 그런데 탑의 흔들림이 너무 심해지면서 어느 쪽으로 무너지게 될지 가늠이 되지 않았다. 자체적인 하중으로 인하여 하늘 끝까지 뻗어 있는 탑의 기둥들과 지지벽이 사방에서 부서져 가고 있었기 때문이다.

탑의 흔들림은 매달려 있는 것만으로도 눈이 튀어나올 정도였으니 그 이후의 일을 상상할 수가 없다.

평범한 인간이라면 여기서 포기하고 말았을 테지만 위드는 지금까지 한 고생과 본전이 아까워서도 그럴 수가 없었다.

"정 그렇다면 끝까지 가 보자. 세상에서 단순 무식하게 사는 놈이 제일 무섭다는 걸 증명해 주지."

위드는 벽을 붙잡고 탑을 계속 올라갔다.

돌무더기를 운반할 때에는 그렇게도 오르기가 지겨웠는데, 낙석을 피하면서 탑을 억지로 붙잡고 벽을 타는데도 금방 올라간다.

 270층을 넘고, 300층에 달했다.

 이때부터는 탑의 옆면에 흐르는 바람조차도 거셌다.

 흔들리며 요동을 치는 탑을 오르는 느낌, 금방이라도 손을 놓쳐 버릴 것만 같은 끔찍함 그 자체!

> -하늘로 오르는 탑이 가슴을 강타했습니다.
> 생명력이 13,288 감소하였습니다.

 급한 마음에 뛰어오를 때마다 탑은 가만히 있지를 않아 피해가 누적되었다.

 330층 정도에서 위드는 움직임을 멈췄다.

 100층마다 표시가 되어 있기에 대략의 위치를 알 수는 있어도 정확한 건 아니었다. 외부로 잔해들을 떨어뜨리며 무너지고 있는 것만큼이나 탑의 내부도 엉망진창이 되고 있었기 때문이다.

 사실 애초에 의도했던 것보다도 탑이 훨씬 견고하게 잘 버티고 있는 것이지 진작 무너져야 했던 게 당연한 것이리라. 그렇더라도 불과 1~2분 내로 무너질 것은 틀림없어 보였다.

 탑에서 울리는 소리는 마치 땅이 쩍쩍 소리를 내며 갈라지고 있는 것처럼 소름 끼치기 짝이 없었다.

 "이렇게 된 이상 방법을 다르게 해서… 심심할 때 미리 만들어 놓은 건데 쓸모가 있군. 차라리 없었으면 시도도 안 해

봤을 텐데. 조각 변신술!"

위드는 품에서 조각품을 꺼내자마자 스킬을 사용했다.

이번에는 특별히 별다른 점은 없는 흑곰의 조각품!

다만 특징이 있다면, 아주 큰 조각품을 작게 축소해서 표현한 것이었다.

성과 도시를 깔아뭉개는 흑곰을 표현해 놓은 작품이었다.

- 조각 변신술을 사용합니다.
  조각술에 대한 무한한 애정은 그 조각품과 조각사를 서로 닮게 만든다!

뱀처럼 매끄럽던 위드의 몸에서 이제는 광택이 흐르는 시커멓고 짙은 털이 자라났다. 또한 덩치도 주체할 수 없을 정도로 거대해졌다.

어깨와 가슴이 커지고 다리가 쭉쭉 길어진다.

10미터, 20미터, 30미터… 계속 늘어난 몸은 이윽고 230미터에 달했다.

덩치로만 놓고 보면 지금까지 변신했던 그 어떤 조각품보다도 크다.

초대형 흑곰!

크기 면에서는 빙룡과도 잘 어울릴 것 같았으며, 엘프의 숲이나 정글과 같은 장소에 있다면 포악함을 만방에 떨쳤을 몸과 얼굴!

인상은 당연히 어릴 때부터 나무뿌리 좀 씹은 것처럼 더럽기 짝이 없지만 눈동자는 몸 크기에 비해서는 조금 작고 귀여웠다. 가슴에는 선명한 반달무늬도 있었다.

명확하게, 어린이들의 인기를 노리고 만들어 놓은 작품이었다.

―몸의 형태가 바뀌면서 현재 착용하고 있는 장비들을 완전히 쓸 수 없게 되었습니다.

―조각 변신술의 영향으로 인내력과 체력, 맷집, 힘이 강화됩니다.
하지만 그 대가로 다른 모든 스탯들은 감소하게 될 것입니다.
반달흑곰의 가죽은 강철처럼 질기고 마법 보호 능력도 최고 수준으로 높습니다. 삶에 대한 지식과 지혜가 있지만 이는 본능에 가까운 것이기 때문에 마법을 사용하지 못하고 복잡한 도구도 쓸 수 없습니다.
앞발을 들어 적을 후려치거나, 끌어안고 허리를 부러뜨리는 것만으로도 전투에는 충분할 것입니다.
조각품에 대한 이해 스킬이 마스터의 경지에 달해서 종족의 특성이 한 가지 부여됩니다.
심한 공격을 당해서 화가 났을 때는 전투력이 260%까지 늘어나게 됩니다. 이 상태에서는 적들의 공격에 피해를 덜 입게 되며, 힘이 2배 이상 세집니다. 그러나 화살 공격과 같은 원거리 무기에는 취약해지게 될 것이며, 생명력이 10% 이하가 되면 분노 상태가 해제되고 두려움에 취약해집니다.
생명력 30% 이하에서는 회복 속도가 6배로 빨라집니다. 하지만 30분 이상이 흐르면 회복 속도는 정상일 때보다도 절반 이하로 느려지게 될 것입니다.

"크워어어어어어!"

위드는 고함을 지르면서 앞발과 뒷발로 탑을 끌어안고 매달렸다.

곰 발바닥에서 두껍고 뾰족한 발톱들이 나타나서 벽면에 깊숙하게 박혔다.

하늘로 오르는 탑에서 떨어져 나오는 돌덩어리들이 큰 몸을 두들겨 댔지만 생명력이 크게 늘어난 지금 그 정도는 그다지 위험하지 않았다.

두꺼운 곰 가죽과 곰 털은 든든한 방패와 갑옷 역할을 해 주었다.

"어디 해 볼까? 동네 놀이터에서 못다 푼 한을 해소해 주마!"

위드는 정말 무식하기 짝이 없는 방법을 써먹기로 했다.

마구 요동치는 탑을 붙잡고 체중을 이용하여 대신전이 있는 방향으로 잡아끄는 것이다.

탑을 원하는 방향으로 쓰러뜨리기 위해 쓸 수 있는 가장 단순하고, 이 이상으로 쉬운 방법이 없는, 무거운 몸으로 매달리기!

현재 몸무게는 어떤 체중계로도 측정이 불가능하고, 단단한 땅을 걸어가면 발바닥이 움푹움푹 들어갈 정도다.

탑의 흔들림에 의해 함께 빙글빙글 돌면서 대신전으로 힘껏 끌어당겼다.

"이걸로는 조금 약한데!"

위드는 상당히 흥이 났다.

이 정도라면 동네 놀이터에 있는 꼬마들도 상대로 하기 어렵지 않겠는가.

 요즘 영화들에는 당장 죽을 것 같은데 아슬아슬하게 살아나는 장면들이 정말 많다. 위드는 인기를 유지하기 위해서라도 조금 더 막나가야 할 필요성을 느꼈다.

"가 볼까!"

 위드는 탑을 붙잡고 있는 네 다리를 풀어놓으면서 높이 도약했다. 그 충격과 반발력으로 인해서 의도치 않게 탑의 벽이 한꺼번에 마구 무너졌다.

 엄청난 크기의 흑곰이 무엇 하나 의지하지 않은 채로 공중으로 뛰어올랐다. 그 아찔함이란, 발 디딜 틈 하나 없는 까마득히 높은 절벽에서 걸어가는 것과도 어찌 비교할 수 있을 것인가!

 위드의 커다란 몸이 하늘을 가르고 있었다. 그리고 금방 정점에 도달했다.

"크아아아아!"

 초대형 흑곰의 추락!

 그때에 다시 탑의 본체가 가까이 다가왔다.

"웃차!"

 위드는 네발로 탑을 끌어안듯이 붙잡았다.

 어마어마한 체중으로 인해서 앞발과 뒷발이 붙잡은 탑의 벽면이 종잇장처럼 그대로 구겨졌다. 4개의 발이 각 층마다 걸려서 부숴 대고, 굵고 날카로운 발톱은 건물을 마구 파헤쳤다.

탑 전체에서 둔중한 파괴음이 들려왔다.

건물 파괴로는 역시 흑곰만 한 생명체가 없는 것!

"혹시나 했는데 정말 안 떨어지고 살아남았군. 그럼 다시 가자!"

위드는 탑을 박차면서 다시 도약을 했다.

너무나도 높아서 사정없이 흔들리는 탑에서 점프를 하며 체중으로 깨부수는 흑곰!

이 스릴과 아찔한 속도감, 무모함이야말로 대적할 수가 없는 환경이었다.

잠깐 사이에도 탑에서는 우드드득거리면서 온갖 기묘하고 소름 끼치는 소리들이 들렸다.

바위와 기둥들이 흑곰의 무게와 충격에 의해서 급하게 마구 으깨지는 소리들!

그렇지 않아도 곧 무너질 상태였던 탑은 급격한 무게와 충격으로 인해서 드디어 하늘을 향해 서 있지 못하고 대신전이 있는 방향으로 기울어졌다.

"어, 어라!"

처음에는 그리 크게 기울어진다고는 느낄 수 없었다. 그런데 조금 있으니 뛰어오를 수가 없는 각도가 되었다. 네발로 붙잡고 공중에 거꾸로 매달리는 느낌을 받을 정도로 기울어짐이 분명해졌다.

위드가 있는 중앙부만이 아니라, 까마득히 높은 하늘로 오르는 탑 전체가 심각하게 기울어지고 있었다.
 '성공이다! 근데 이제 앞으로는 어떻게 해야 하지?'
 의도했던 결과이기는 하지만 뭔가 대단히 위험하고 목숨이 간당간당한 것만 같은 상황!
 목덜미에 차가운 얼음을 댄 것처럼 정신이 번쩍 들었다.
 '이건 좀 아닌 것 같은데?'
 생존 본능에 마구 경고가 일어났다.
 바로 아래의 땅을 내려다보니 구름 사이를 지나서 그 밑에 대신전이 보였다.
 "정말 제대로 의도했던 대로야. 단지 조금의 사소한 문제라면……."
 위드가 바로 탑의 옆에 붙어 있다는 점이었다.
 이제 탑은 정확히 대신전을 향하여 기울어지고 있었다. 상상할 수 있는 가장 큰 굉음과 무언가가 꺾이고 끊어지는 소리들이 다양하게 탑에서 울렸다.
 '나부터 살아야겠다.'
 위드는 탑의 벽면에 발톱을 깊게 박아 가면서 반대쪽 면으로 돌아갔다.
 그 사이에도 기울어지고 있어서 탑의 경사각이 평평해지고 있었다. 아직까지는 그래도 기린의 목처럼 비스듬하지만 점점 땅을 향하여 드러눕는 것이 아닌가.

"아이고오! 여기서 내가 할 수 있는 최상의 방법은?"

위드는 번개처럼 두뇌를 회전시켰다.

이럴 때의 생존 본능은 곤충들을 훨씬 능가했다. 바퀴벌레의 생명력이 뛰어나다고는 해도, 꼼수와 계산, 눈치로 살아남는 부분에 있어서는 위드를 능가하지 못했다.

'이 높이에서 이대로 떨어지면 절대로 안 돼. 원래의 내 몸이라면 레벨이 높아서 추락으로는 생사가 오갈 정도의 중대한 생명력의 피해까진 입지 않을 거야. 하지만 지금의 내 덩치는 너무 크고 무거워서 피해가 더 크겠지. 조각 변신술을 다시 쓰자.'

품에서 아무거나 서둘러서 꺼낸 것은 하필이면 드래곤플라이의 조각품이었다.

얼굴이 매우 이상하게 생긴 초거대 잠자리!

"에라, 모르겠다. 조각 변신술!"

부작용을 생각할 겨를도 없이 조각 변신술을 사용!

-거센 흔들림으로 인해 스킬 사용에 실패하셨습니다.

"그렇다면 조각 변신술 해제!"

-아직 현재의 몸에 완벽하게 적응하지 못했습니다.
조각술의 불가사의한 능력으로도 육체를 바꾸지 못했습니다.

"이런 수프 없는 라면 같으니!"

위드의 모험은 방송으로 중계되어 어린아이들도 볼 수 있기 때문에, 시청자들을 고려한 최악의 욕설을 퍼부었다.

자정 무렵에 배가 고파서 딱 한 봉지밖에 없는 라면을 뜯었는데 수프가 없는 그런 상황!

조각 변신술은 이렇게 격렬한 움직임을 보이는 와중에는 사용할 수 없었고, 곧바로 해제하지도 못한다.

아까 괴물이었을 당시만 하더라도 탑의 벽면에 몸을 고정하고 있었지만, 지금은 초대형 흑곰의 거대한 몸집 때문에 손아귀로 붙잡은 벽들도 잠깐만 지나면 무게를 감당하지 못하고 쭉쭉 부서져 나갔다.

불과 몇십 초가 지나면 탑은 대신전을 향하여 떨어지게 될 것이다. 원숭이도 나무에서 추락할 때가 있다고 하는데, 대형 곰은 탑에서 떨어져서 죽는다는 속담이 생길 수도 있는 상황!

위드는 생존을 위해 다른 방법을 떠올려야 했다.

블랙 드래곤 아우솔레토

'죽는다.'
'죽겠지.'
'죽을 거야.'
'곧 죽을까?'
위드의 모험을 보는 대부분의 시청자들이 떠올리는 생각이었다.
"사장님, 로열 로드 하게 휴가 주십시오. 그리고 상여금도 좀 지급해 주셨으면 하는데요."
"우리 회사가 잘나가는 건 다 자네 덕분이지. 말만 하게, 뭘 못 해 주겠는가! 법인 카드도 팍팍 긁어 보게!"
물론 이것은 대부분의 직장인들이 품는 꿈!

현실에서는 과장이나 부장이 자신의 공을 가로채거나 자기가 할 일을 미뤄서 시키더라도 군소리 없이 해내야 한다. 회식 자리에서는 비위도 맞춰야 하고, 야근은 밥 먹듯이 한다.

초과 근로 수당도 제대로 지급되지 않을 때가 많았으니, 사회인이란 꿈보다는 현실을 살아가는 시간이 훨씬 많았다.

꿈이란 주말 아침에 늦잠을 잘 때나 꾸는 것이 아닌가!

하지만 로열 로드를 통해서 다른 자신과 만날 수 있었다.

직장인들이라서 시간은 넉넉하지 못해도 또 다른 캐릭터를 통해서 즐거움을 누릴 수 있다. 그들에게 위드란, 꿈을 걸어가는 영웅과도 같았다.

특히 한때 위드를 원망하고 비난했던 중앙 대륙의 유저들은 말 그대로 회개를 했다.

"위드 님의 깊은 뜻도 모르고… 나처럼 속 좁은 놈은 욕이나 했지."

"헤르메스 길드와는 관계가 아주 안 좋잖아? 그런데 세상 사람들을 위해서 적을 이롭게 하다니, 그런 넓은 마음은 대체 어디에서 나오는 걸까?"

"북부의 촌놈들이 위드가 훌륭한 국왕이며 그분을 믿고 따를 수 있다고 존경한다더니 이젠 그 이유를 알 것 같군."

모험이 반복될수록 위드의 팬은 늘어만 가고 있었다.

결과를 미리 알지 못하고 가슴을 졸이면서 봐야만 하는 데다가 대륙에 변화를 가져오기까지 하는 것이 위드의 모험이

기에 더 인기가 있었다.

남들은 어느 정도 강해지거나 하면 안정적으로 사냥을 하고 적당한 퀘스트를 골라서 해결하는데, 위드는 넓은 세상을 돌아다니면서 자유롭게 도전을 한다.

국가를 세우고 예술을 벗 삼아 대륙을 방랑하니 얼마나 멋진 모험가인가!

위드는 불과 1초 만에 살기 위한 방법을 떠올렸다.

탑에서 일하면서 들었던 소중한 정보!

"그래, 엠비뉴를 믿는 거야. 엠비뉴 신이야말로 우리를 구원해 줄 게 틀림이 없어. 오오, 엠비뉴 신이시여!"

세뇌 마법에 걸리지 않았는데도 일어나는 정신분열 현상.

전화로 치킨을 시켜 놓은 걸 깜박 잊어버리고 라면을 끓이고 있던 사람처럼 정신 붕괴!

그렇지만 위드는 다시 생존을 위해서 눈을 반짝였다.

"아직 끝나도 끝난 것이 아니다. 죽지 말고 살아 보자!"

위드는 기울어지는 탑에 엉덩이를 대고 앉았다.

콰드드드득!

안 그래도 부서지고 있는 탑에서 무언가가 더욱 짓눌려서 깨지는 소리가 났다.

"에라, 가 보자."

탑의 경사도를 이용하여 아래로 미끄러졌다.

미끄럼틀을 탄 것처럼 미끄러지는 초대형 흑곰!

아직은 탑의 경사가 거의 수직에 가까워서, 몇 초 뒤에는 무섭게 가속력이 붙었다.

"영화에서 보면 다들 멋지게 살아나잖아!"

역시 생각과는 너무 다른 상황!

위드가 미끄러져 내려가면서 그 무게로 인해 벽들은 그대로 뭉개지고 터져 나갔다.

하늘로 오르는 탑이 크다고 해도, 조각 변신술을 펼치고 난 위드가 미끄럼을 타고 놀기에는 둘레 면적이 좁다.

위드의 엉덩이가 무서운 무기 역할을 하면서 탑을 짓뭉갰다.

—마찰로 인해서 신체의 일부가 손상을 입고 있습니다.
생명력이 3,742 감소합니다.

미칠 듯한 가속력으로 엉덩이가 뜨거운 흑곰!

"더 위험해지기 전에 지금 내 상태부터 확인을 해 봐야겠군. 생명력은… 휴, 일단 체력은 거의 떨어질 염려 없어 보이고 생명력도 80만이 넘는군."

대형 생명체인 만큼 힘과 체력, 생명력은 매우 뛰어났고, 예술, 지혜, 기품 같은 건 일찌감치 밑바닥 수준이거나 사라져 있었다.

다만 약간 의외라면 매력이 상당히 높았는데, 역시 곰은

귀여워야 제맛이기 때문이었다.

'이대로 떨어져서 살아남는다고 해도, 놈들이 가만히 있을까?'

순간 머릿속을 스쳐 지나가는 생각.

덩치가 커진 만큼 생명력도 무지막지할 정도로 늘긴 했지만 현재의 속도라면 이 거대한 몸뚱이는 그만큼 넓은 면적에 걸쳐서 더 크게 추락의 피해를 입을 것이 아닌가. 심지어는 그대로 땅에 깊이 처박혀 버릴지도 모른다.

몸을 빼내지도 못하고 열 받은 광신도들에게 무차별 공격을 당할 수도 있다.

엠비뉴 교단에 있는 모든 인원들로부터 무한한 미움을 받고 있는 자신이었으니까.

'내가 보통 재수가 없는 게 아니잖아. 이 정도의 열악하고 안 좋은 시나리오라면 충분히 그렇게 될 수 있겠는데?'

그러던 어느 순간, 미끄러져 가는 엉덩이 쪽에서의 느낌이 갑자기 사라지고 몸이 공중에 붕 떠 버린 것 같은 느낌이 들었다.

착각이 아니라 실제!

탑의 기울기가 걷잡을 수 없을 정도로 심해졌다. 하단 부분이 과도한 무게를 이기지 못하고 끊어져 버리고 만 것이다.

"우워어어어어어!"

하늘로 오르는 탑의 65층 부분이 끊어지면서, 기울어져 있던 나머지 전체는 그대로 대신전을 덮쳤다.
 위드 역시, 탑에서 미끄럼을 타기는 했지만 300층 정도의 높이에서 그대로 추락을 시작했다.
 "아이고오!"
 공중에서 거대한 몸을 움직이면서 팔다리를 허우적거렸다.
 하늘로 오르는 탑은 대신전을 향하여 무너지고, 그 위에는 팔다리를 파닥거리는 위드가 있었다.
 날개가 있는 것도 아니고, 추락을 방지할 만한 스킬도 가지지 못한 상태였다.
 "여기서 그냥 이렇게 추락하다니, 이건 또 다른 최악의 시나리오로군. 확실히 나에게 일어날 법한 일이었어."

 엠비뉴의 대신전은 광신도와 괴물이 우글거리는 천험의 요새이며 성채였다.
 사방의 침략으로부터 삼엄한 경비들을 세워 놓고 있었지만 하늘에서 무너지는 탑에는 속수무책!
 하늘로 오르는 탑이, 엠비뉴를 향해 기원을 올리고 주춧돌을 쌓던 광신도들이 있는 대신전으로 와르르 무너지고 있었다.
 "끄에에엑!"

"엠비뉴께서 우리를 벌하신다. 감사히 죽음을 영접하자!"

탑이 허물어지면서 집채만 한 돌덩어리들이 비처럼 쏟아지며 건물들을 부쉈다.

엠비뉴의 신성력으로 마물들을 생산하는 부화장, 영혼을 팔아서 능력으로 바꾸는 교환소, 일그러진 마물들의 훈련장!

대신전 내부에 밀집해 있던 광신도들과 괴물들을 거침없이 강타했다.

기울어진 탑이 아랫부분에서 끊어지면서 상단이 대신전의 중심부를 향하여 떨어지고 있었다.

"오늘 엠비뉴의 새로운 종속을 받아들여서 성대한 피의 잔치가 벌어질 것이다."

"우오오오오!"

혼돈의 드래곤 아우솔레토가 있는 엠비뉴의 중앙 거대 동상 앞의 광장!

아우솔레토의 세뇌 의식을 끝내기 위한 의식이 한창이었다.

엠비뉴의 징벌의 사제 200명이 드래곤에게 신성력을 집중시키고 있다. 깊게 잠들어 있는 드래곤은 붉은 신성력의 기운에 뒤덮여 몸 전체에서 크고 작은 충격에 의한 폭발이 일어났다.

드래곤의 강력한 저항력을 뚫기 위한 엠비뉴 교단의 노고가 점점 결실을 맺어 가고 있는 순간.

대신전의 중앙 광장이 갑자기 어두워졌다. 고개를 들어 보니 하늘로 오르는 탑이 그들을 향하여 무너지고 있었다.
 "탑이 쓰러진다."
 "오오오!"
 대재앙이 도래하고 말았다.
 "피하지 말라. 이는 엠비뉴께서 우리를 시험하시는 것이다."
 "세상을 평정하기 전의 마지막 시험이고 환상이다. 우리에게 자격이 있다는 것을 보여 주도록 하자."
 일어나서 도망치려는 광신도들을 고위 사제들이 말렸다.
 "오오, 엠비뉴시여."
 철저하고 맹목적인 신앙심에 복종하는 광신도들은 달아나는 대신에 무릎을 꿇고 기도를 올렸다. 노인, 어린아이 할 것 없이 엠비뉴를 따르기로 한 자들은 중앙 광장에서 떠날 수가 없었다.
 하지만 그들도 의아한 것은 있었는지, 작은 꼬마가 손가락으로 하늘을 가리키며 물었다.
 "사제님, 저건 뭐죠?"
 시커먼 털로 뒤덮인 거대한 흑곰이 팔다리를 허우적거리면서 공중에서 떨어지고 있는 것이 아닌가.
 맹목적인 충성심, 엠비뉴라는 이름으로 모든 기적을 설명하던 사제도 말을 잃었다.
 "……."

"……."

🜂

"아이고오!"

위드는 떨어지는 충격을 최소화하기 위하여 할 수 있는 것은 다 했다.

300층에서 추락한다고 해도 무려 4,000미터가 넘는다.

어떻게든 긍정적인 생각을 해 보려고도 노력했다.

"그래도 돈을 내고 스릴과 해방감을 만끽하려고 번지점프를 하는 사람들보단 낫지. 나는 공짜니까. 그보다 조금 안 좋은 점은, 아무런 안전장치도 없다는 점이랄까."

덩치가 워낙 거대하다 보니 팔다리를 활짝 펼치는 것만으로도 바람의 저항을 제법 받을 수가 있었다. 탑에서 떨어져 내려오는 돌덩어리를 앞발로 쳐 내면서 반발력도 조금이나마 이용했다.

그렇지만 도무지 지금 더 쓸 만한 수법은 찾아낼 수가 없었다.

"땅에 떨어지고 나면 오징어로 변해 버릴 거야. 아마 곰 발바닥 요리나 웅담에도 쓰이지 못할 정도로 엉망이 되겠지."

공기의 저항 덕분에 약간 차이를 두고 탑보다는 늦게 떨어지고 있었다.

그렇더라도 거센 바람을 받으며 땅이 급속도로 가까워지고 있다. 어떤 안전장치도 없이 떨어지는 이 기분이야말로 방학 숙제를 하지 않고 개학을 맞이하는 초등학생들과도 같으리라.

째재재잭!

환청인지, 위드의 귓가에 새들이 우는 소리가 들렸다. 1~2마리가 아닌 수천수만 마리 이상의 합창이었다.

사냥터에서야 가끔 요리 스킬을 활용하기 위해서도 새 고기를 필요로 해서 관심을 가질 때가 있었다. 하지만 어차피 땅에 떨어져 죽을 마당에 새 울음소리가 무슨 대수이던가.

위드는 무관심하게 신경을 쓰지 않았다.

그런데 지상에서는 거대한 이변이 벌어지고 있었다. 땅과 나뭇가지에 앉아 있던 모든 새들이 날개를 활짝 펼치더니 날아서 일제히 솟구친 것이다.

새들이 가끔 벌이는 군무라고도 볼 수 없었다.

마치 자신의 알을 지키듯이 하늘을 향하여 일제히 비상했다. 그러고는 무서운 속도로 낙하하고 있는 위드에게 와서 부리로 콕 찍었다.

'이런 양심도 없는 새들! 곰 고기가 아무리 맛있다고 하더라도, 죽기도 전에 벌써부터 입맛을 다시다니.'

위드는 생명력을 약간이라도 아끼기 위하여 새들을 한꺼번에 후려치려고 하였다.

그런데 행동을 주저하게 만드는 약간 이상한 기분이 들었다.

퀘스트를 진행하기 위해 벌새의 모험을 할 때 새들의 행동에 대하여 관찰한 적이 있다. 요란스럽게 짹짹거리는 것은 위기를 느끼고 아직 날지 못하는 새끼를 보호하기 위해서이다. 지금 새들이 꼭 그렇게 울면서 위드를 향해서 부리를 들이미는 것이다.

'잠깐 내버려 둬 볼까? 새들이 물어 봐야 가죽에 흠집도 제대로 안 날 테니까.'

새들은 부리로 물기만 할 뿐 그를 뜯어 먹는 게 아니라 붙잡으려 끙끙댈 뿐만 아니라, 몸 아래로도 내려가서 등과 머리로 이고 힘겹게 날갯짓을 하며 떠받쳤다.

―프레야 여신의 축복이 발동되었습니다.
풍요로움을 주관하는 프레야 여신의 은총으로 인해 땅에는 곡물들이 자라나고 꽃은 망울을 활짝 터트리며 나무에는 탐스러운 열매들이 맺힙니다. 들판의 곡식과 벌레를 먹는 새들은 프레야 여신의 자식들이며 전령입니다.
프레야 여신을 위해 나선 새 10만 마리가 당신을 도울 것입니다.

―축복으로 인해 생명력이 완전하게 회복되었습니다.

―허기 상태가 충분한 포만감을 느끼는 수준으로 바뀝니다.
하루 동안 최상의 체력을 유지할 수 있습니다.

"과연 프레야 여신님이야!"

크리스마스에 교회에 나가서 선물을 받아 온 직후처럼 신앙심이 넘쳐흐르는 위드!

새들은 필사적으로 날갯짓을 하면서 추락하는 위드를 구하려고 했다. 독수리처럼 제법 큼지막한 녀석도 있지만, 참새처럼 정말 작은 것들도 눈에 띈다.

이 부근 전체에서 날아온 새들의 노력 덕분에 맹렬하게 추락하는 속도가 조금이나마 줄어들기는 했다. 하지만 초대형 흑곰은 보통 몸무게가 아니라서, 새들의 도움으로도 추락의 속도를 약간 늦추는 데 그칠 뿐 그를 구할 수는 없었다.

그러는 사이 탑이 먼저 대신전의 중심부를 관통하며 완전히 붕괴되었다.

높이가 몇 킬로미터에 달하는 건축물이 옆으로 쓰러지는 대충격!

공중에 있는 위드가 보기에는 지진이라도 난 것처럼 일대의 땅 전체가 거세게 흔들렸다.

대신전을 중심으로 하여 사방으로 뻗어 있는 건물들도 탑이 무너지는 충격으로 인하여 폭삭 쓰러지는 것이 보였다. 파괴의 충격으로 성벽이 거친 바람에 밀려 나가는 것처럼 멀어지고, 경비 탑들이 기우뚱하더니 마찬가지로 쓰러진다.

온통 먼지구름이 일어나서 몬스터와 광신도, 사제 들을 뒤덮었다.

위드도 크고 작은 공성전의 경험이 많았지만 이런 식으로 한 방에 요새와 다름없는 대신전이 엉망진창이 되어서 망가지는 것을 보는 건 처음이었다.

"과연 내 생각이 좋긴 했구나!"

그리고 위드를 떠받치려고 애쓰던 새들은 그 소리에 놀라서 갑자기 사방팔방으로 도망쳐 버렸다.

"안 돼! 돌아와!"

프레야 여신의 축복으로 모여든 새들이었는데, 얼마 돕지도 않고 흩어져 버리고 말았다.

위드는 아쉬워할 사이도 없이 다시 지상이 무섭게 다가오는 장면을 보았다. 작은 힘이라도 모아서 받쳐 주던 새들이 사라지자 다시 가속력이 붙으면서 땅으로 떨어지고 있었다.

그리고 그 절체절명의 순간, 충격을 최소화하여 피해를 줄일 수 있는 대상을 발견!

먼지구름이 심하게 일어나고 있었지만 위드와 마찬가지로 워낙에 큰 녀석이라서 눈에 띈 것이다.

'저놈이다.'

위드는 공중에서 몸을 뒤틀고 팔다리를 펼쳐서, 떨어지는 위치를 조절했다.

높은 하늘에서부터 떨어져 내려온 이 거대한 몸에 담긴 충격에너지는 마치 유성 충돌과도 같으리라.

'혼돈의 드래곤과 싸우게 되리라 짐작은 했지. 하지만 이

런 방식일 줄이야.'

목표는 지상에 있는 혼돈의 드래곤 아우솔레토!

검이나 마법으로 싸우는 것이 아니라 그냥 떨어지면서 부딪쳐 버리는 것이다.

300미터, 160미터, 75미터, 20미터, 3미터!

무섭게 빠르게 떨어지면서 점점 가까워지는 드래곤의 육체.

위드는 몸 전체를 공처럼 웅크렸다.

"꾸에에엑!"

그러고는 혼돈의 드래곤과 몸통 박치기를 하고 말았다.

혼돈의 드래곤 아우솔레토!

의식을 치르고 있던 드래곤은 하늘로 오르는 탑의 붕괴로 인하여 갑자기 무너진 건축물에 정통으로 부딪쳤다.

-그오오오오오오!

드래곤은 엠비뉴의 세뇌에 완전히 걸려 있는 상태는 아니기에 본능만은 살아 있었다.

심한 고통을 느낀 아우솔레토의 광량한 드래곤 피어가 대지를 떨어 울렸다.

"사, 살려 주소서!"

"으아아악!"

진짜 드래곤의 피어는 연약한 생명체들의 정신 따위는 그대로 소멸시키기도 한다. 광신도들이 땅바닥을 뒹굴면서 괴로워하였다.

혼돈의 드래곤을 향해 신성력을 집중시키던 사제들은 탑에 깔려서 목숨을 잃고, 충격으로 땅을 뒹굴고 있었다.

아우솔레토는 감겨 있던 눈꺼풀을 서서히 들어 올렸다.

- 여기가 어디인가. 그리고 나는 어째서… 무엇을 위하여 있는가.

시커먼 거체!

블랙 드래곤이 기지개를 켜듯이 땅에서 일어나더니 날개를 활짝 펼쳤다.

- 내가 왜 여기에 있지?

탑이 무너지면서 부딪치는 바람에 아우솔레토가 입은 피해도 생명력의 삼분의 일 이상이 날아가 버릴 정도로 아주 큰 것이었다.

가히 천문학적인 피해를 입었다고 볼 수 있었다.

그때 강력한 마나의 회오리가 일어나면서 드래곤의 몸으로 흡수되었다.

마나의 흐름을 지배하고 자신의 뜻대로 거두는 드래곤의 권능.

흙먼지가 일순간에 걷히면서 드래곤의 모습을 선명하게

볼 수 있게 했다.

광택이 흐르는 검은색 비늘을 가진, 350미터에 달하는 거체!

위압감을 주는 큰 눈과, 쭉 찢어진 주둥이 사이로 드러나는 날카로운 이빨 그리고 위엄을 상징하듯이 좌우로 꼿꼿하게 서 있는 수염.

유선형의 근육질의 상체와 미끈하게 빠진 허리를 지나서 꼬리의 끝 부분까지, 모든 부분이 지극히 아름답지만 위험으로 가득하여 공포심을 자극한다.

베르사 대륙 최강의 생명체 드래곤이 눈을 뜨고 숨을 깊게 들이마셨다.

후우우우욱.

숨을 쉬는 것조차도 무서우면서도 품격이 느껴진다.

주변의 마나가 자연스럽게 드래곤을 향하여 밀려가서 그의 몸에 흡수되고 있었다. 깊은 잠에서 깨어난 지 얼마 안 되었지만, 빠르게 몸 상태를 정상으로 되돌리고 있는 것이다.

드래곤이 주둥이를 쩍 벌리고 포효하였다.

-나는 왜 이곳에 있는 것이냐. 그리고 버러지 같은 너희는 왜 알짱거리는 것이냐.

드래곤 피어가 담겨 있는 외침.

엠비뉴의 종들은 감히 거역하지 못하고 괴로움과 답답함에 비명을 터트렸다. 가히 역사서에 한두 번 나올까 말까 한

전설적인 위용이었다.

그때에 하늘에서 위드가 뚝 떨어지며 혼돈의 드래곤의 몸통에 부딪쳤다.

"꾸에에엑!"

-크라라콰라라!

위드와 드래곤, 둘 다 고통에 찬 비명을 질렀다.

대부분의 교통사고는 예측할 수 없이 갑자기 일어난다.

어느 정도 대비를 하고 있더라도 어쩔 수 없는 상황에 의해서 사고가 벌어지고 나면 정신이 멍해지기 마련!

> -추락으로 인해 중상을 입었습니다.
> 생명력의 극심한 감소!
> 생명력의 74%가 줄어들었습니다.
> 척추와 목뼈에 손상을 입어서 행동반경이 좁아지고 마비와 혼란, 착시 증상이 일어납니다.
> 오른쪽 뒷발, 왼쪽 뒷발, 오른쪽 앞발이 부러졌습니다. 물건을 쥐거나 걷지 못합니다.
> 어깨와 옆구리에 큰 부상을 입었습니다.

드래곤과 부딪치는 순간 입은 피해의 메시지!

온몸에서 정상인 부위를 찾아내기가 더 어렵다. 가히 죽음 직전에서 살았다고 해도 좋을 정도의 부상이었다.

위드는 드래곤과 부딪치고 나서 땅을 공처럼 굴러갔다.

탑의 잔해인 크고 뾰족한 바위들이 위드의 몸에 깔려서 마구 으스러졌다.

드래곤 피어로 인하여 땅에 엎드려 있던 광신도들도 흑곰의 구르는 몸뚱이에 의하여 대거 사망!

위드는 수백 미터를 굴러가고 나서 땅에 엎드린 채로 미동도 하지 않았다. 그리고 작은 목소리로 중얼거렸다.

"머리가 핑핑 도는군. 스탯 창."

캐릭터 이름 : 위드	성향 : 초대형 야수
레벨 : 825	종족 : 반달가슴곰
생명력 : 813,943	마나 : 433
힘 : 2,731	민첩 : 1,695
체력 : 2,184	지혜 : 5
지력 : 4	투지 : 3,219
지구력 : 662	인내력 : 2,133
예술 : 3	카리스마 : 1,293
통솔력 : 2	행운 : 3
신앙 : 283	매력 : 382
맷집 : 2,391	기품 : 6
정신력 : 445	용기 : 621

*곰 종족 특유의 특성으로 인하여 인내력과 맷집이 매우 높아졌습니다.
윤기가 흐르는 가죽은 마법 저항력을 높여 줍니다. 다만 사냥꾼들의

표적이 될 수도 있을 것입니다.
대형 생명체로서 높은 생명력과 힘을 보유합니다.
전투 스킬은 일부만 사용이 가능합니다.
정교함이 필요한 검술의 숙련도는 최대 고급 1레벨로 조정됩니다.

위드가 사막에서 노들레의 퀘스트를 진행하며 성장시켜 놓은 높은 스탯들!

조각 변신술의 영향이기도 하지만 전투와 던전 탐험으로 얻은 보너스 스탯들로 인하여 캐릭터는 확실하게 강하게 키워 놓았다. 어디에 내놓아도 꿀리지 않을 정도로 자랑스러운 수준이었다.

인간들 중에서는 적수를 찾기가 어려운 능력이었으며, 사막 군단을 데리고 중앙 대륙을 휩쓸던 위풍당당하던 모습들도 잠깐이나마 떠올랐다.

그때에 두려움이 있었던가?

혹은 잠깐이라도 망설여야 할 정도로 위험한 적을 만났던가?

그렇지만 위드는 자신보다 강한 존재가 있으면 기꺼이 바싹 몸을 엎드릴 수 있었다.

'남은 생명력은… 대략 10만 정도. 이 정도면 상당히 간당간당하군.'

생명력이 수십만이 되더라도 적들이 많으면 상황을 낙관

하기 힘들다.

엠비뉴 교단은 저주와 마법 공격 등을 잘하기 때문에 생명력을 금방 깎아 놓는다. 초대형 흑곰은 덩치가 큰 만큼 적들의 표적이 되기에도 좋을 것 아닌가.

위드의 머릿속에 현재 택할 수 있는 가장 최선의 전술이 떠올랐다.

"후으으으음."

숨을 크게 들이마시고 가만히 있었다.

죽은 척하기!

실제로도 전투 불능 상태에 빠져 있었기에 별다른 수가 많지는 않았다.

-대지의 여신 미네의 축복이 함께합니다.
 땅이 전해 주는 기운으로 체력과 생명력을 회복합니다.

대지의 여신의 축복으로 인해서 생명력을 회복하면서 휴식을 취하는 수밖에 더 있겠는가.

-크라라라라라라라!

성난 드래곤의 포효가 커다랗게 들렸다.

드래곤은 탑의 붕괴와 위드와의 충돌로도 죽거나 전투 불능에 빠지지는 않은 것이다.

아주 가깝지는 않지만 그렇다고 또 멀리 떨어져 있지도 않다. 드래곤의 광역 마법, 혹은 브레스의 사정거리에는 지척

이라고 할 수 있었다.

다행인 점은 드래곤이 반대쪽을 보고 있다는 것이었는데, 지금은 엠비뉴 교단에 바로 공격받고 있어서 위드에게 신경 쓸 정신이 없는 듯했다.

"엠비뉴 신께서 내려 주신 충실한 종에 불과하다. 놈을 붙잡아라."

엠비뉴 교단의 광신도들은 맹목적인 신앙을 가지고 있는 만큼 충격과 혼란에서 빠져나오는 속도 역시 빨랐다.

하늘로 오르는 탑이 파괴되면서 정예 병력이 꽤나 많이 목숨을 잃었다. 그렇지만 여전히 대륙 전체를 전자레인지에 돌려 버릴 수 있을 정도로 많은 병력이 넘쳐 났다.

대신전이 있는 땅의 틈새에서도 괴물들이 올라오고, 무너진 건물에서도 광신도들이 달려왔다.

-신기하구나. 버러지 같은 인간들, 너희가 나에게 도전을 하다니. 나는… 크아아아! 머리가 아프다.

아우솔레토는 브레스를 내뿜지는 않았다.

아직 자신에 대하여 정확히 자각도 하지 못하는 상태!

-전부 죽여 주마.

본능에 이끌려서 팔과 다리로 괴물들을 밟아서 터트리고, 꼬리로 건물을 후려쳐서 부쉈다.

"엠비뉴의 마법사들이여, 공격하라!"

그를 향해 수백 개의 마법 공격들이 시전되었지만 날아오는 도중에 높은 마법 저항력으로 인하여 무력화가 되어 버린다.

아우솔레토가 입은 상처들은 트롤과도 같은 불가사의한 치유력에 의해서 조금씩 회복되어 갔다. 마나가 자연스럽게 움직이면서 스스로에게 치료 마법을 펼치기도 했다.

괜히 살아 있는 전설이라고 불리는 드래곤이 아니다.

아우솔레토가 스스로에 대해 완벽하게 자각하기만 한다면 지금보다 전투 능력이 훨씬 배가될 것은 틀림없는 상태!

"제물을 향하여 세뇌의 주문을 완성시켜라."

하지만 대사제 헤울러가 주교들을 데리고 나타나면서 드래곤을 상대로 한 조직적인 대응이 이루어졌다.

그들이 등장하자 강화된 엠비뉴의 오라를 통해서 괴물들과 광신도들의 움직임이 빨라지고 생명력도 늘어났다.

"놈을 소중하게 다뤄라."

"엠비뉴 신께서 우리에게 주신 선물이니 정신 지배를 통해서 포획하여야 하리라."

극악의 기사들이 미끼가 되어서 드래곤의 시선을 유인했다.

드래곤 아우솔레토는 땅에서 일어났지만 날거나 빠르게 뛰어다니지는 못했다.

하늘로 오르는 탑과 위드. 두 번이나 정통으로 크게 부딪친 충격도 있지만 장기간의 세뇌로 인하여 육체와 정신이 정

상적이지 않았다.

 -인간들… 터무니없는 짓을 저지르는구나. 가소롭게도 나에게…….

아우솔레토의 코와 입에서 시커먼 독 연기가 뿜어져 나왔다.

그만큼 분노하고 있다는 뜻!

 -너희는 예전에 진작 멸망시켜 버렸어야 했다. 살아갈 가치가 없는 종족! 벌레처럼 땅을 기어 다니면서 목숨을 구걸하던 너희가 떠오르는데! 크으으으, 머리가 아프다. 내가 누구지? 생각이 나질 않아.

"놈에게는 허점이 많다."

"신앙심을 마법력으로 전환하여 공격하라."

아우솔레토를 향한 사제들의 일제 마법 공격들이 다시 이뤄졌다.

징벌의 사제뿐만이 아니라 헤울러의 직속 사제들, 참악의 사제들까지 등장했다.

신성력과 마법력을 함께 다루면서 특수한 주문들을 시전할 수 있는 최고위 사제이면서 마법사들!

 -안 돼. 너희는 나를 해치지 못한다.

본능적으로 공기의 보호막을 펼쳐서 커다란 자신의 몸을 가리려는 드래곤!

하지만 이는 완벽한 마법이 아니었기에 곳곳에 빈틈이 있었고, 상당수의 마법들은 그 사이에서 작렬하였다.

살육자의 궁수들은 강철보다도 관통력이 월등한 특수 제련된 화살촉으로 드래곤을 가까이에서 쐈다.

"돌격, 돌격!"

극악의 기사단은 말을 타고 드래곤을 향해서 돌진하여 망치와 도끼를 휘둘렀다.

"나의 두 눈과, 두 귀와, 양 팔과, 두 다리를 엠비뉴에게 바칩니다. 나의 생명을 거두어서 이 땅에 엠비뉴의 섭리를 펼치는 위대한 기사가 태어나게 해 주소서!"

극악의 기사들은 최후의 주문까지도 외웠다. 그러자 그들의 몸에 후광처럼 드리워지는 어두운 빛깔!

스스로의 생명을 신에게 바치며 일정 시간 동안이지만 전투력을 5배 이상 끌어내는 신성 마법이었다.

기사단의 경우에는 동료가 이러한 주문을 외우고 있으면 추가적인 응원 효과도 받았다.

-끝없이 무모하구나.

아우솔레토는 그저 본능에만 의지해서 다가오는 적들을 앞발로 짓밟고 꼬리로 후려쳤다.

드래곤의 입에 깨물려서 잡아먹히는 엠비뉴의 괴물들!

극악의 기사들 또한 고결하면서도 그 무엇보다 단단한 드래곤의 비늘에 결정적인 타격을 입히지는 못한 채로 목숨을 잃어 가고 있었다. 아무리 강해졌다고 해도 드래곤과의 육탄

전에서 우위를 점할 정도까지는 아닌 것이다.

"생포해라."

사제들은 죽음을 무릅쓰고 가까이 다가가서 세뇌와 속박의 주문을 외웠다.

-이게 무슨 짓이냐. 크아아아아!

드래곤은 심한 이질감을 느끼며 사제들을 향해 앞발을 휘둘렀다.

그러자 불덩어리가 공중에서 쏘아져서 사제들이 있던 곳에서 큰 폭발이 일어났다. 마나를 지배하고 다루는 능력을 타고난 만큼 점점 사소한 동작에서도 공격 마법이 발동되는 것이다.

마법 보호막을 펼치고 있었지만 폭발이 워낙 커서 엠비뉴의 사제들 수십 명이 죽어 갔다.

드래곤의 정신력이란 수천 년이라는 시간을 버틸 수 있을 정도로 뛰어나기에, 조금의 여유만 주더라도 다시금 과거의 자신을 자각할 수 있었다.

드래곤이 스스로를 확인하는 순간, 그동안 쓰지 않았던 기술을 사용하게 되리라. 광역 마법으로 이 일대는 초토화가 되고 브레스로 인해서 흔적도 없이 사라지게 될 것이다.

그 사실을 엠비뉴 교단에서도 알고 있었기에, 기사들과 사제들은 드래곤을 다시 안정화시키고 세뇌하기 위하여 덤벼들었다.

'음, 나에 대한 관심은 별로 크지 않군.'

위드의 몸은 먼지와 건물의 잔해로 상당 부분 뒤덮인 상태였다. 물론 지금의 사태를 일으킨 장본인이지만 정작 엠비뉴의 인물들이 설치고 있었기 때문에 얌전히 침묵을 지키기로 했다.

"이놈은 엠비뉴를 믿지 않는군. 이곳에는 신을 믿지 않는 놈은 들어올 자격이 없다."

위드가 있는 장소로 엠비뉴의 종교재판관이 다가왔.

손에는 시뻘겋게 달아오른 인두를 들고 있었다.

―불신자의 낙인!
신을 믿지 않으며 부정하는 자들에게 찍히는 낙인입니다.
생명력과 체력, 모든 스탯들이 27%까지 감소합니다. 행운을 완전히 소멸시키고, 갖가지 불행한 일들이 벌어집니다.
낙인이 지워질 때까지 모든 신도들의 공격을 받게 될 것입니다.

종교재판관의 낙인은 그만큼 치명적이라고 할 수 있다.

"쿠루루루."

위드는 톡 쏘는 음료수를 마시는 곰처럼 귀여운 척을 해봤다.

"역시 엠비뉴를 믿지 않는 천박한 생명체이다 보니 인상도 더럽기 짝이 없군."

"……"

바로 욕먹음!

폭넓은 친밀도 형성과 아부 정신이야말로 위드의 근본과도 같았지만, 엠비뉴의 종교재판관과는 친해질 수가 없는 처지였다.

 위드는 주변을 둘러보아 드래곤과의 싸움 때문에 다른 자들은 이곳에 신경을 쓰지 못하는 것을 확인하고는 조용히 앞발로 종교재판관을 지그시 눌렀다.

 "꽤애액!"

 종교재판관은 곧바로 사망!

 위드의 생명력은 현재 24%까지 회복되어 있었다.

 '지금은 덩치도 너무 크고 드래곤과의 전투 장소에 가까이 있어서 위험해.'

 앞발로 옆구리에 차고 있는 배낭에서 조각품을 꺼내야 하는데 갑자기 극악의 기사단이 일제히 말을 타고 달려왔다.

 "사제님들이 사로잡을 수 있도록 드래곤을 포위하라."

 "몇 분만 버텨라. 영원히 종속될 노예를 위해 너희의 보잘것없는 생명을 바쳐라!"

 극악의 기사단이 광신도들과 같이 드래곤을 향해 달려가면서 지나쳤다.

 "……."

 너무 큰 움직임을 보이면 저들에게 들킬까 봐 위드는 얌전히 있었다. 그리고 잠시 후.

 슬금슬금.

땅을 기어서 조금씩 물러났다.

'뭐, 어떻게든 사는 게 중요하지 않겠어?'

아우솔레토와 엠비뉴 교단의 전투는 소리만 들어도 무지막지하기 짝이 없었다. 드래곤도 부담스럽지만 엠비뉴 교단의 총전력이 전부 뭉쳐 있는 지금 발각된다면 일이 어떻게 되겠는가.

이제까지 모험을 하며 늘 멋지고 우아한 모습만 보여 준 것도 아니었으니 땅을 약간씩 기어서 움직이는 것에는 조금의 거리낌도 없었다.

훈련받은 특수부대처럼 신속하면서도 정확하게 눈치를 보면서 기어서 움직였다.

'조금만 더 멀어지는 거야. 그러고는 뒤도 안 돌아보고 도망쳐야지.'

뒤에서 엠비뉴 교단과 드래곤이 싸우는 소리가 시끄럽게 들리고 있었지만 위드는 야금야금 기어가는 데에만 집중했다. 바로 주변에 누군가가 나타나거나 하면 몸을 딱 굳히고 가만히 있다가, 관심이 멀어진 것 같으면 네발을 조금씩 움직여서 기었다.

그러다가 갑자기 벌어진 정적!

지금 이유를 파악하지 않으면 왠지 후회할 것 같아서 살짝 눈을 뜨고 뒤를 돌아보았다.

아우솔레토는 엠비뉴 교단과 싸우느라 등잔 밑이 어둡다

는 말처럼 위드가 있는 뒤쪽은 신경을 쓰지 못하고 있었다. 그러다가 딱 뒤를 돌아보았는데 마침 위드와 눈이 마주치고 말았다.

 "……."

 -…….

치매 드래곤

페트는 나름 자부심이 있었다.

"예술 계열 직업에서는 내가 최고지. 복잡하고 오묘한 그림의 세계를 완벽하게 이해해 가고 있으니까. 뭐, 조각사 위드가 명성으로나 스킬로나 나보다 조금 낫긴 하지만, 가족들끼리는 예외로 쳐야 해."

그는 유린에 대한 애틋한 마음을 아직도 버리지 못했다.

위드라면 앞으로 가족이 될 사이였으니 경쟁자로 삼는 것도 조금은 애매하지 않겠는가!

"가족끼리 앞으로 잘 협심해서 북부를 발전시켜 나가야지."

페트는 그렇게 말하고는 만족스럽게 고개를 끄덕였다.

사실 자신이 중앙 대륙에서 일으킨 혼란을 생각한다면 위드나 유린이 상당히 고마워할 거란 기대도 갖고 있었다.
 그림을 그려서 하벤 제국의 치안에 타격을 준다.
 오직 화가만이 가능한 특출난 영역이라고 할 수 있지 않겠는가.
 멀쩡한 영주들을 실감나게 나쁜 놈으로 묘사하는 작품들은 그 하나하나가 감동적이고 마음을 움직이는 걸작이었다. 사실적인 묘사를 통해서 없던 짓도 진짜 벌어졌던 것처럼 만들어서 영주들의 악명을 늘렸고, 그것을 바탕으로 몇몇 곳에서는 크고 작은 혼란이 벌어졌다.
 하벤 제국의 점령 초창기인 만큼 그 피해도 적지 않았고, 페트의 이름은 유저 사이에서도 널리 알려지게 되었다.

 ─ 색의 마술사 페트.
 ─ 벽화의 이야기꾼 페트.

 "훗날이 되면 꿈을 그리는 화가라든가 자연을 표현하는 화가라는 호칭도 붙게 되겠지."
 페트는 그림 이동술을 통해 수시로 북부의 모라타에 있는 화가 길드에 방문했다. 꼭 용무가 있어서는 아니었고, 우연히라도 유린을 만나기 위해서였다.
 "물감 삽니다. 3실버 이하의 천연물감 구입해요! 그리고 옷에 그림 그리실 분, 싸게 그려 드릴게요!"

"가난한 화가가 늑대 가죽 구해요. 구멍 난 가죽도 싸기만 하면 삽니다. 잡화점에 팔지 마시고 좀 도와주세요!"

초보 화가들은 도시에서 열심히 영업을 하고 있었다.

로열 로드를 시작하면 처음 4주 동안은 도시나 마을 밖으로 나가지 못하는 제약이 있다. 다른 직업들과는 다르게 화가들은 초보 시절에도 바로 관련 직업을 선택해서 기술을 연마하는 것이 가능했다.

"으흠, 오늘도 그녀는 없구나. 이 세상의 아름다움을 전부 그리면 무엇하리. 그녀의 얼굴을 볼 수가 없는데."

페트는 쓸쓸하게 돌아서서 화가의 언덕으로 향했다.

모라타의 거리는 조심하지 않으면 계속 부딪칠 정도로 늘 유저들로 북적거렸다. 상인들의 행렬이나 삽자루를 들고 있는 건축가들도 유난히 눈에 자주 띄었다.

하벤 제국이 북부로 침공하면서 위기가 닥쳐왔지만, 막상 모라타에서 시작하는 초보 유저들은 날마다 더욱 불어나고 있었다.

아예 레벨 1의 초보들은 아르펜 왕국이 몰락하더라도 이곳에 다시 주춧돌을 세우고 국가를 만들어 내겠다는 희망으로 가득했다.

"여기도 항상 그대로 변함이 없구나."

페트는 언덕을 오르면서 모라타의 풍경을 바라보았다.

북부의 교통과 상업의 중심지로 발전을 거듭하는 도시.

높고 큰 건축물들이 대거 세워지고, 길목마다 상징이 되는 조각품들이 있다. 유서 깊고 오랜 전통은 갖지 못했어도 도시를 장식하는 다양한 양식의 건축물들과 사람들이 문화를 만들어 내고 있다.

 건축가들이 세우고, 화가들이 그리고, 조각사들이 꾸민다. 상인들이 장사하고, 주민들이 살아갈 수 있게 되었다.

 모험을 하고 친구를 사귀고, 이야기를 나누며 휴식을 취할 수 있는 우리의 도시.

 이러한 도시가 위기에 빠졌으니 사람들이 스스로 나서서 싸우려는 것도 십분 이해가 갔다.

"어쩌면 저렇게 잘 그려?"

"어린아이 초상화 전문이래."

"정말 빨리 그리기도 한다. 물감의 색채도 다양하게 쓰면서 배합을 잘하는데. 보통 실력은 아니네."

 구경꾼들이 모여서 웅성거리는 것이 보였다.

'또 어디의 화가가 그림을 그리는 모양이군.'

 너무 흔한 광경이라서 페트는 무심히 그냥 지나가려고 했다.

 화가나 조각사 같은 직업이 도시 내에서 작품 활동을 하면 사람들의 이목을 끌기 마련이다.

 화가가 그림을 완성해 가는 모습은 워낙 매력적이라서, 일부러 잘 보이는 길목에 앉아서 그리기도 한다. 관객이 몰릴

수록 흥행에 성공해서 그림값을 높게 받을 수 있기 때문이다.

초상화를 그려 달라는 커플, 전사로서 자신의 모습을 그림으로 남기고자 하는 조인족까지, 고객층도 다양했다.

페트는 일반 유저들을 상대로 한 그림 판매에는 흥미가 없었다.

'내 그림을 살 만한 사람도 없겠지. 헐값에 팔아도 될 그런 그림이 아니니까 말이야.'

그가 그냥 걸어서 화가의 언덕을 지나가려고 하는 순간이었다.

구경꾼들 사이에서 꾀꼬리처럼 맑은 여자의 음성이 들렸다.

"그림값은 30골드예요. 가격은 충분히 알아보고 오셨죠? 미리 말해 두지만, 할인 요청이나 반품은 있을 수가 없어요."

"넷, 알겠습니다."

"그림값은 선불이고요, 추가로 세밀한 묘사나 물감 색을 늘리는 걸 원하시면 옵션으로 추가 요금이 붙게 되는데요, 다섯 가지 이상을 선택하시면 두 가지나 덤으로 끼워 드려요."

뭔가 다정하게 들리면서도 척추에 있는 골수까지 몽땅 빼먹는 것 같은 목소리!

페트의 눈이 번쩍 뜨였다.

'그녀다!'

그림 속 조르디보오스 성에서 만나서 한눈에 반해 버렸던 그녀.

조각사 위드의 동생으로, 향후 자신과 평생을 함께할 반려자!

'역시 운명은 우리를 다시 만나게 하는구나.'

모라타가 폭풍 전야의 고요함에 싸여 있는 지금 화가의 언덕에서 다시 만나다니, 역시 보통 인연은 아니라고 생각되었다.

로미오와 줄리엣은 비극으로 끝났지만, 최근 화제가 되고 있는 노들레와 힐데른처럼 행복한 연인이 될 것이라고 다짐했다.

페트는 그녀가 그림을 다 그릴 때까지 그냥 서서 기다리기로 했다.

밤늦은 시간까지도 화가의 언덕에는 여행자들의 발걸음이 끊이지 않았다. 새벽에 빛의 탑으로 유저들이 우르르 몰려갈 때까지도 유린은 계속 그림을 그렸다.

"빨간색 물감이 다 떨어져서 어떻게 하지요? 대신 노란색으로 빨간색인 셈치고 그려 드릴게요."

"야간 요금으로 할증이 조금 붙는데… 괜찮으시죠? 착용하고 계신 장비를 보니 되게 돈이 많아 보이시네요."

"콧날은 조금 더 오뚝하게, 그리고 턱 선은 도드라지게 그려 드릴게요. 앞머리는 조금 더 긴 게 좋겠죠? 추가 요금은 35%인데, 실물과 구분할 수 없을 정도로 미세하게 다듬어서

그려 드려요."

손님들에게 바가지를 듬뿍 씌우는 그녀의 말을 들으면서 구경했다.

못 본 사이에 유린은 머리카락이 제법 길게 자라 있었다.

여전사들은 전투에 거추장스러워서 짧게 자르기도 하지만, 그녀는 화가라서 머리카락을 곱게 기르고 초보 마법사처럼 고깔모자도 썼다.

물감 묻은 여행복에도 그녀만의 청순한 매력이 물씬 묻어 나왔다.

"와아, 왕창 벌었다. 역시 호구들이란……."

마침내 유린이 작업을 끝내고 그림 도구를 배낭에 넣었다.

이 순간을 기다려 왔던 페트는 침을 꿀꺽 삼키고 천천히 그녀에게로 다가갔다.

"저기… 저 기억하지요?"

약간의 목소리 떨림!

그리움과 애틋함이 가득했다.

페트는 누구에게도 보여 주지 않았던 자신의 보물 같은 그림들을 그녀에게 공개했을 뿐만 아니라, 화가에 대해서도 알려 주었다. 분명히 그녀도 자신을 기억하고 있으리라. 어쩌면 그녀도 자신을 마음에 깊이 간직하고 기다려 왔을지도 모른다.

그렇다면 오늘의 이 만남이야말로 달콤한 운명이라고 할

수 있지 않겠는가!

"저기, 누구신지?"

"페트라고 하는데……."

"네?"

"같은 물빛의 화가. 조르디보오스 성."

"아하, 그 밥맛?"

"……."

돌 맞은 유리창처럼 와장창 깨어져 나가는 페트의 여린 가슴!

유린이 화사하게 활짝 웃었다.

"농담이에요. 잘 지냈어요?"

그녀의 성격에 대해 잘 아는 위드였다면 웃는 모습만 보고 쉽게 넘어가지 않으리라.

여동생이지만 때때로 못된 망아지처럼 행동할 때가 있었다. 특히 원한을 품으면 웬만해서는 용서를 하지 않는 편이다.

"물론입니다. 다시 만나기를 손꼽아 기다려 왔습니다."

"아까부터 계속 저를 보고 계시던데요."

페트는 반색을 했다.

"알고 계셨습니까?"

이제야말로 오랜만에 만난 연인들과 같은 분위기와 대화가 이어질 수 있을 것만 같다는 느낌이 스쳐 지나갔다.

"뭐 마려운 강아지처럼……."

"흠흠."

페트는 헛기침을 하며 분위기를 돌리려고 애썼다. 과거에 그녀의 친오빠인 위드를 비판한 적이 있으니 어느 정도 기분이 상해 있을 거란 생각은 그 또한 했다.

"그림 이야기나 할까요? 요즘 유행하는 화풍은……."

"또 잘난 척?"

페트는 고개를 저었다.

이런 방식은 아무래도 아닌 것 같았다. 솔직한 남자의 마음을 고백해야 하리라. 그러지 않으면 정말 평생 후회할 것 같았다.

"항상 다시 만날 날을 기다려 왔습니다. 매일 당신의 얼굴을 떠올리지 않았던 적이 없습니다."

"스토커?"

"……."

아무래도 자신에 대한 선입견이 너무 나쁜 것 같았다.

그 점부터 개선을 시켜야겠다고 느끼는 페트였다.

"제가 입고 있는 망토가 참 멋지지요? 정령왕을 직접 만난 건 아니지만 관련 퀘스트를 진행하고 나서 얻은 물의 정령 망토인데, 물을 다스리고 가끔씩 비를 내리게 하는 능력도 가지고 있지요. 이 망토의 가치는 거의 환산할 수도 없는 것으로서……."

"된장남?"

페트는 말문이 뚝뚝 막혔다.

그러나 지극한 정성이라면 그녀도 감동하지 않겠는가. 일종의 회심의 카드를 쓰기로 하였다.

"언젠가 다시 만날 날만을 기다리면서 정령계로 가서 귀한 물건을 어렵게 선물로 준비했는데요, 그림을 그려서 번 다이아몬드 300개와 바꾸었지요."

"뭔데요?"

이때에야 유린은 조금 관심을 가졌다.

사실 그녀도 페트를 오랜만에 만나서 반갑기는 했다. 위드를 비난한 것 때문에 지난번에는 안 좋게 끝났지만 그의 호의만큼은 알고 있었다.

자신에게 반한 남자를 어떤 여자가 미워하겠는가.

페트가 곱게 포장된 상자에서 꺼낸 것은 물방울로 된 머리핀이었다.

"세상에서 가장 맑은 물로 이루어진 마법의 머리핀입니다. 영롱한 이 광채는 그 무엇으로도 바꿀 수가 없는 것으로서, 다이아몬드 300개 이상의 가치가 있다고 봅니다."

"남자가 돈 무서운지 모르고. 젊어서 저렇게 헤프게 돈 쓰면 나중에 처자식 고생시키는데……."

"……."

위드는 고개를 돌리고 싶었다. 드래곤 아우솔레토의 눈빛은 살벌함 그 자체였던 것이다.

사흘쯤 굶주리던 육식동물이 만만한 초식동물을 보았을 때의 눈빛이 마치 저렇지 않을까 싶었다.

'그래도 내가 무슨 짓을 했는지는 모르겠지. 조금 내 입장에서 긍정적으로 생각해 보자면, 세뇌를 당하려던 저 녀석을 구해 준 거잖아. 당연히 금전적인 보상을 받아도 마땅하다고 할 수 있지.'

불행히도 드래곤 아우솔레토의 생각은 그와는 조금 달랐다.

-너냐.

많은 의미가 함축되어 있는 짧은 말.

위드의 눈가가 파르르 떨렸다.

-어리석은 피조물 주제에 일그러진 균형의 조율자인 나를 공격했겠다? 온몸이 찢겨 나가서 죽더라도 영광이겠구나.

위드는 그런 영광은 포기하고 싶었다.

어떻게 맨날 고생한 대가가 이런 식으로만 돌아온단 말인가.

'나처럼 정직한 사람이 우대받지 못하는 걸 보면 확실히 썩은 사회임이 틀림없어.'

이 모든 부조리함은 사회 탓!

드래곤 아우솔레토는 엠비뉴 교단의 공격을 당하면서도 몇 초 동안 꿋꿋이 위드를 노려보고 있었다.

보통의 몬스터가 아닌 드래곤이기 때문에 발휘할 수 있는 여유로움!

'잠깐, 그거보다도… 지금 하는 말들을 보면 자기 자신이 드래곤이라고 깨닫고 있는 것 같은데.'

현재 아우솔레토는 엄밀히 말하면 상상하기 어려울 만큼 강한 몬스터다.

그렇지만 자신이 드래곤이라는 것을 자각하는 순간, 그는 날개를 활짝 펼치고 하늘로 날아오를 것이다. 지상을 향하여 끔찍한 브레스를 뿜어낼 것이고, 최고 단위의 공격 마법을 사용하게 되리라.

유성 소환 같은 초토화 마법을 두세 번씩 쓰지 말란 법도 없다.

일반적인 드래곤은 세상의 틀을 크게 바꾸려고 하지 않고 쉽게 화를 내거나 하지도 않는다. 그런데 아우솔레토는 최악의 미친 드래곤이기 때문에 어떤 짓을 저지르더라도 그냥 이해할 수가 있었다.

'그래서는 안 돼.'

위드와 비슷한 생각을 엠비뉴 교단에서도 하고 있었던 모양이다.

고위 사제들에게는 드래곤에 대한 공포가 전혀 없었다. 엠비뉴 신이 자신들에게 내려 준 애완견이 반항하는 것을 보는 심정으로 마법 공격을 했다.

"불신자의 내장 파열!"

"파헤치는 심장!"

"심판의 광휘!"

"황폐화된 지상낙원!"

대사제 헤울러와 고위 사제들이 힘을 모아서 함께 발휘한 마법은 보호막을 뚫고 드래곤을 강타했다.

엄청난 빛과 폭발이 일어나면서 아우솔레토도 몸을 휘청였다.

-크오오오, 너희 인간들이······!

분노에 떠는 드래곤이 되돌아서서 엠비뉴의 사제들을 짓밟았다.

충격 때문인지, 자신이 드래곤이라는 것을 또 잊어버린 듯한 모습!

또 위드에 대해서도 잠깐 내버려 두고 있었다.

"계속 움직여라."

"세뇌와 속박이 완벽하게 걸릴 때까지 몇 분 남지 않았다. 영광을 위해 생명을 바쳐라."

이곳 사제들의 특징이라면, 느릿느릿하지도 않고 가만히 있지도 않았다. 드래곤을 상대하기 위해서 매우 빨리 움직일 수 있는 신성 마법을 걸고 뛰어다녔다.

 그리고 극악의 기사와 온갖 위험한 괴물들이 시선을 끌기 위하여 드래곤을 향하여 계속 모여든다.

 위드는 잠깐 다시 숨을 돌릴 수가 있었다. 하지만 엠비뉴의 인물들도 그에게 주목을 한 상태였다.

 "엠비뉴의 뜻을 거스르는 놈이 여기에 있다."

 "저 크고 미련한 곰이 우리가 세운 탑을 부쉈다. 저놈의 가죽을 벗기고 고기는 날것으로 씹어 먹을 것이다."

 하늘로 오르는 탑이 무너지는 것을 봤던 사제들과 기사들이 위드를 손가락으로 가리키면서 외쳤다.

 위드의 나쁜 짓들이 그대로 공개되면서 적대도가 오르고 있는 것!

 "도망쳐야겠군."

 위드는 땅에서 벌떡 몸을 일으켰다.

 상황이 좋지 않으니 바로 도주를 하기로 결심을 하는 데에는 1초도 걸리지 않았다.

 전투를 잘하기 위해서는 적들을 상대로 힘을 과시하는 것만이 아니라, 적당한 위치에 숨고 틀어박혀 있는 것도 필수이지 않은가.

 직장에서도 있는 듯 없는 듯 하면서 일당을 받아 가는 최고의 경지!

 하지만 대사제 헤울러가 신성 마법을 발휘했다.

"종속의 제한된 영역!"

띠링!

> -강력한 저주 마법에 적중되었습니다.
> 엠비뉴 교단의 통치자 헤울러의 신성력을 바탕으로 한 저주 마법입니다.
> 일정한 거리를 벗어나면 끝없는 영혼의 고통과 생명력의 감소, 약화를 겪게 됩니다. 억울하게 죽은 원혼들이 육체를 빼앗기 위해서 덤벼들 것이며 몸을 제대로 다룰 수 없게 될 것입니다.
> 헤울러의 신성 마법은 피할 수 없으며, 상대방의 마법 저항을 강제로 뚫어 냅니다.
> 이동속도가 26% 감소합니다.
> 한 걸음 움직일 때마다 생명력이 1,293씩 감소합니다.

위드의 눈에 일정한 영역 밖에는 붉은 기운이 아른거리는 것이 보였다. 아마도 저기를 넘어가면 저주 마법에 의해서 고통을 받게 된다는 뜻이리라.

"다시 지긋지긋한 저주로군."

도망칠 길도 봉쇄되어 버렸다.

"쥐도 막다른 길에 몰리면 고양이를 무는 법인데, 나라고 막다른 길에 몰리게 되면……."

위드는 가까이 있는 괴물을 두 손으로 붙잡고 대사제 헤울러를 향해 던졌다. 물론 헤울러 근처에 가자마자 아무 이득도 거두지 못하고 보호 마법에 의해서 타서 없어져 버리고 말았다.

"그냥 용서를 빌어야 되겠군."

엠비뉴의 넘쳐 나는 병력이 위드를 향하여 조여 오고 있었다.

 드래곤을 향해서도 물론 엄청난 병력이 포위망을 구성해 가고 있다.

 하늘로 오르는 탑이 무너지고 나서, 대신전의 곳곳에서 광신도와 기사, 사제, 괴물 등이 등장하고 있었다. 만약 탑이 무너지면서 건물들을 깔아뭉개고 길을 막지 않았더라면 거의 무한대에 가까운 적들을 볼 수 있었을 것이다.

 대신전에는 광신도와 마물의 생산 기지도 있어서, 공장에서 통조림 찍어 내듯이 계속 만들어 내고 있었으니까.

 위드를 포위한 병력만 해도 수백에서 금방 1,000을 넘어갔다.

 절대 얕볼 수 없는 것이, 여기는 상대방의 집구석 한복판이고 괴물들도 만만치 않기 때문.

 "역시 아무리 얌전히 살려고 해도 세상이 나를 가만두지 않는군. 너희가 굳이 나를 건드린다면 기꺼이 싸워 주지."

 거대한 흑곰이 인상을 쓰며 일어나니 위압적인 느낌도 이만저만이 아닌 상황!

 감히 비교할 바는 아니지만 드래곤과 초대형 흑곰이 대신전에서 동시에 이빨을 드러내고 있었다.

 -미개하고 더러운 족속들, 모두 죽을지어다!

 "지금이라도 늦지 않았어. 난 싸우기 싫으니 여기서 빠져서 구경만 하면 안 될까?"

"아이고, 죽겠군."

전일은 대신전에 가까이 다가가지 않은 채로 계속 정찰을 하고 있었다.

하늘로 오르는 탑이 무너지고 드래곤이 움직이는 것은 봤다. 엠비뉴의 모든 병력이 외부가 아닌 대신전 내부의 전투에 동원되어서 침입은 상당히 손쉬워진 상태였다.

하지만 전일은 그 자리에서 조금도 움직일 수가 없었다.

> −몸이 썩고 있습니다.
> 생명력이 지속적으로 감소하고 있습니다.
> 신체가 독에 잠식되어서 체력이 최소로 감소합니다.
> 달리거나 무기를 휘두르는 등의 격렬한 활동을 하지 못합니다.

시커멓게 썩은 강을 지나면서 중독되었던 몸 상태가 재발하고 만 것.

전일은 땅에 누워서 시름시름 앓았다.

위드가 이 광경을 보았다면 기가 차서 잔소리도 잃어버릴 상황!

엠비뉴 교단을 물리치기 위해 데려온 부하가 이 모양이라니 참지 못하고 가슴을 치면서 욕을 했을 것이다.

"대제님께서는 잊지 않고 나를 구해 주실 것이다!"

전이는 여전히 육체를 구속하는 마법 쇠사슬에 묶인 채로 감옥에 있었다.

"끝까지 포기하지 않겠다. 이보다도 더 안 좋은 상황에서도 살아남았었으니 희망을 버리지 않을 거야."

간수들은 그들끼리 이야기를 나누고 있었다.

"위가 조금 시끄럽군."

"사제님들의 신성력이 대단하니 드래곤 세뇌가 예정보다 조금 빨리 끝났을지도 몰라."

"당장 제물을 가져오라고 할지도 모르니 준비를 해 둬야 하지 않겠나?"

"슬슬 시작하지."

전이는 드래곤을 세뇌시키고 나서 축제를 벌일 제물로 결정되어 있었다.

간수들은 살아 있는 전이의 몸에 갖은 양념을 발랐다.

"구울까, 삶을까?"

"쇠막대기에 꽂아서 굽는 게 좋지 않겠어?"

"지난번에 먹어 봤는데 나도 그게 맛있더군. 육즙이 달콤해."

"조금 덜 익었을 때 먹어야 맛있지."

"크흐흑, 대제님."

전삼은 엠비뉴의 기사 행세를 하며 대신전 내에서 제법 자유롭게 돌아다녔다.

그는 전투 지역으로 가지 않고 부서지지 않은 건물로 가서

물건들을 수색했다. 위드의 행동을 제대로 보고 배워서, 당연히 보물을 찾아다니는 중이었다.

"이건 저주고, 요것도 저주와 관련된 물건이네. 여긴 정상적인 번쩍거리는 것은 없고 전부 저주나 흑마법 책자들뿐이로군."

전삼은 저주의 매개체들을 밟거나 땅에 내동댕이쳐서 몽땅 다 파괴해 버렸다.

헤스티거는 주방에 있으면서 일단의 엘프 여성 노예들이 간수들의 손에 의해 끌려 내려오는 것을 봤다.

"음식을 만들어라. 잘 만드는 놈들은 당분간 살려 줄 것이다. 그리고 요리를 못하는 놈은 솥에 함께 넣어 주지. 낄낄낄!"

위드였다면 참 효율적인 방법이라고 감탄의 박수를 쳤겠지만, 헤스티거는 불의를 참아 내지 못하였다.

"이런 나쁜 놈들! 어떻게 하늘 아래 너희 같은 놈들이 있을 수 있단 말인가!"

"넌 누구냐. 크억!"

헤스티거는 물소의 몸통에서 단숨에 뛰쳐나와서 간수들을 해치우고 엘프들을 구했다.

"괜찮습니까?"

"저흰 다친 곳은 없어요."

아리따운 엘프들 중에는 희귀하기 짝이 없다는 하이 엘프도 있었다. 그들은 자신의 마력을 사용하지 못하고, 정령도 불러낼 수 없도록 종속구를 착용한 상태였다.

헤스티거는 시미터를 휘둘러서 단칼에 그들의 종속구를 부쉈다.

여러 명의 엘프들의 종속구들을 유려한 칼의 휘두름으로 연속으로 부숴 버리는 광경은 아름다움 그 자체!

탁월하게 잘생긴 외모와 더불어서 영웅 영화에 나오는 것처럼 멋진 분위기를 자아냈다.

헤스티거의 낮게 깔리는 목소리는 듣는 사람들에게 믿음까지 심어 주었다.

"여기는 위험합니다. 제가 신전 밖으로 안내해 드리겠습니다."

아무리 위험한 상황에서도 여자들에 대한 매너를 지키려는 전형적인 영웅!

"아니에요. 저희도 싸울 수 있어요. 함께 싸우겠어요."

"풀려난 지도 얼마 되지 않았고, 많이 지쳐 보입니다."

"우리 엘프들은 느낄 수 있어요, 상상도 하고 싶지 않은 악령들과 위험한 마력이 몰려들고 있다는 것을. 이들을 물리치지 않으면 우리 엘프들도 숲에서 더 이상 안전하게 살아가지 못하게 될 거예요."

"그렇다면 좋습니다. 같이 해봅시다."

하이 엘프들은 간수들이 쓰던 활을 집었다.

본래 자신들이 직접 만들어서 쓰는 하이 엘프의 활에는 비할 바가 아니지만, 그들에게는 정령과 마법이라는 다른 두 가지의 무기도 있었다.

정령이 활에 깃들이면 위력이 수십 배나 늘어나게 된다.

"조금 전에 큰 충격이 있었어요. 이 건물이 무너지기 전에에서 잡혀 와 있는 다른 노예들을 구출해요."

"물론입니다."

헤스티거는 엘프 병력과 함께 대신전에 있는 건물을 빠른 시간에 장악했다. 늘씬하고 예쁜 얼굴을 가진 하이 엘프 르누아리가 옆에 착 달라붙어 있었다.

그리고 그들은 독을 제조하는 시설을 발견해 냈다.

"여긴 이상한 냄새가 나는군요. 몬스터들의 썩은 사체를 이용해서 무언가를 만들고 있는 것 같습니다."

"지독한 냄새! 독이네요. 강과 호수, 바다를 오염시키기에 충분한 양이에요. 그리고 비를 내리게 하는 마법을 쓸 수 있다면 생명체들이 살아가는 땅도 오랜 기간 황폐화시킬 수 있겠죠."

"엠비뉴 교단, 과연 지독한 곳이군요. 대제님께서 이들과 싸우려고 하는 이유를 알 것 같습니다."

"엘프로서 이런 말을 하면 안 되겠지만, 이 독으로 이자들을 쓰러뜨리는 건 어떨까요?"

"진심이십니까?"

"이들은 이미 인간으로 보기 어려워요. 다른 모든 생명체들과 자연을 위해서라도 없애 버려야 해요."

위드가 들었다면 융통성이 있고 살림 잘하게 생겼다면서 칭찬을 했을 하이 엘프다. 그러나 헤스티거는 잠시 생각해 보더니 고개를 흔들었다.

"안 됩니다. 저는 대제님의 자랑스러운 전사로서 비겁한 방법을 사용할 수 없습니다."

"그래도 이 방법만큼 효과가 뛰어난 건 없어요."

"제가 불미스러운 일을 저지르면 대제님의 명예를 훼손하는 일이 됩니다. 믿고 기다리면 대제님께서 엠비뉴 교단을 충분히 물리치실 수 있을 겁니다."

원래 노들레와 함께했던 헤스티거는 성격이 이렇지 않았다. 노들레가 도덕적인 고뇌를 할 때 서슴없이 독을 쓰자고 단호하게 주장했다.

하지만 위드와 있으면서 헤스티거는 성격이 달라졌다. 노들레의 친구가 아닌 위드의 부하가 되어서 충성심이 생기고, 좀 더 정직한 영웅으로 변했다.

그가 노들레와 함께할 때처럼 힘을 합쳐서 더 강한 적들을 이기기 위하여 고뇌할 필요가 없었다. 위드가 알아서 먼저 다 휩쓸어 버렸기 때문.

위드가 알았다면 평소에 부하 교육을 잘못 시켰다고 한탄을 할 상황이었다.

진작 죽이거나 혹은 내쫓아 버렸어야 하는데 질투심에 지금까지 데리고 다닌 결과 이런 행동까지 저지르지 않는가!

헤스티거에게서는 당당하고 정의로운 전사의 풍채가 흘렀다.

하이 엘프 르누아리도 감동을 받은 듯 눈을 크게 뜨더니 금방 설득되었다.

"과연! 옳은 방법으로도 이길 수 있다면 좋겠지요. 전사님을 보니 충분히 이들을 해치울 수 있을 것 같아요."

"독은 나쁜 것이니 전부 태워 버립시다."

"저도 도울게요."

위드가 있었다면 뒷목을 잡고 쓰러지고 말았을 행동이 서슴없이 자행되었다.

그리고 자하브는 혼란을 틈타서 대신전 안으로 뛰어 들어왔다.

"조각 검술!"

광신도들이 오랫동안 믿음을 갖게 되면 악한 영혼을 몸에 받아들일 수 있게 된다. 마령의 귀족들을 처리하면서 넓은 대신전 안을 헤매고 다녔다.

"이놈들을 전부 해치우면… 이베인이 죽지 않을 수도 있다는 거지."

자하브에게는 사랑하는 연인의 목숨이 걸려 있다고 해 놓았으니 검에 망설임 따위는 없었다. 하얗게 센 백발을 휘날

리며 눈부신 움직임으로 적들을 처단했다.

"그를 따라온 덕분에 이베인을 구할 수 있다면 더할 나위 없이 좋은 결과야. 내 생명을 이곳에 묻는다고 해도 말이지."

조금만 차분하게 생각해 본다면 일이 그렇게 단순하진 않다는 사실을 알 수 있으리라.

엠비뉴 교단이 완벽하게 몰락한다고 하더라도 이베인이 로자임 왕국의 왕비가 되는 미래는 바뀌지 않는다. 첫사랑 이베인이 평생 다른 남자의 품에서 행복하게 살아가는 것을 지켜봐야만 한다.

그것도 자신은 다 늙은 노인이 되어서.

어쩌면 대신전에서 죽어서 원래의 세상으로 돌아가지 않는 것이 자하브에게는 속 편한 일이 될지도 몰랐다.

"크으으, 신이시여. 이, 이 고통은……."

그리고 성자 아헬른은 심각한 부상에 시달렸다.

노예들과 함께 중앙 광장에 있다가 그는 하늘로 오르는 탑의 잔해에 제대로 깔리고 말았다.

한 세기에 1명 나올까 말까 한 성자.

교황보다도 우월한, 신의 뜻을 직접 펼칠 수 있는 성자의 신성력은 간신히 생명을 유지하는 데에만 활용이 되고 있었다.

원래 노들레의 모험에서는 날고뛰었던 아헬른이지만 지금은 금세라도 죽을 것만 같은 노인의 신세.

쿵. 쿵.

하필이면 위드도 바로 근처에서 땅을 뒤흔드는 전투를 하는 중이었다.

위드가 활약을 할 때마다 아헬른이 갇혀 있는 잔해 더미도 우수수 한꺼번에 흔들렸다.

"어떻게 해요, 성자님."

"신…께서 우리를 돌볼 것이네."

어린 노예들, 여성 노예들도 아헬른의 곁에 있었다.

성자 아헬른은 탑이 무너지는 것을 보면서 노예들을 지키기 위해 모든 신성력을 발휘하여 보호막을 형성하느라 피하지 못했다.

아슬아슬하게 걸쳐져 있는 잔해 더미가 몽땅 내려앉는 순간 그 무게에 깔려서 다 함께 목숨을 잃게 되리라.

드래곤과 흑곰

위드의 높은 시야에 사제들이 무언가 중얼거리면서 신성 마법을 외치는 것이 보였다.

"꿰뚫고 비틀어서 파헤치고 짓이겨지리라. 파동의 광선."

"무서웠던 기억, 앞으로 벌어질 가장 위험한 일들이 너에게 벌어지게 된다. 공포의 도래."

"날갯짓을 하며 들끓라. 식인 해충 무리 소환!"

"흘러넘치는 피는 솟구쳐서 멈추지 않으리라. 피의 전야제!"

위드는 두 팔을 휘두르고 내리쳐서 광신도들을 쓸어버렸다.

콰과광!

땅이 깊게 파이며 튕겨 나가는 수십 명의 광신도!

제아무리 이곳이 엠비뉴의 대신전으로서 신앙의 힘이 극대화되는 장소라고 하더라도 막무가내에 가까운 거대한 무력에는 소용이 없었다.
 위드가 두 팔을 휘두를 때마다 건물이 부서지고 땅이 쿵쿵 울렸다.
 거대 생명체로서 작고 연약한 자들을 짓밟는 쾌감!
 주먹만 휘두르면 무엇이든 부술 수 있고, 발로 땅을 구르는 것만으로도 적들이 나뒹굴었다.
 거인이 되어서 산다는 것은 바로 이런 재미이리라.
 "덤벼라, 이 잡템도 제대로 나오지 않는 놈들아!"
 위드가 전쟁의 시대를 휘젓고 다닐 때 일반 병사들이 그를 대적한다는 것은 애초에 불가능했다.
 무력의 차이도 하늘과 땅만큼 있었지만, 눈빛만 마주쳐도 그냥 스스로 항복을 할 정도의 카리스마와 투지로 적들을 눌러 버린 것이다.
 적국의 입장에서는 도저히 항거할 수 없을 정도의 높은 권위와 두려움이 뒤따르는 악명으로 복종을 강요했다.
 기사들이라고 하여도 그저 검을 한번 마주쳐 보고 죽는 것이 영광일 정도로, 사막의 대제왕은 베르사 대륙에 새로운 역사를 썼다.
 그럼에도 광신도들은 전혀 위축된다거나 공포에 빠지지 않았다.

곧 위드에게로 집중되는 엠비뉴 교단의 각종 마법들!

위드는 일부 마법은 가까스로 상체를 굽혀서 피했지만 대부분은 적중당했다. 물론 대형 흑곰다운 두꺼운 가죽 덕에 마법의 최대 피해는 절반 이상 줄여 놓을 수 있었고 아픔도 별로 느껴지지 않았다.

"적당히 좀 하자. 너희와 내가 전생에 무슨 원수를 졌다고 이러냐."

"닥쳐라, 하늘로 오르는 탑을 파괴한 원흉! 너의 죄를 벌써 잊은 것이냐!"

"그래그래, 다 세상을 위해서 살아왔던 내 잘못이지. 매번 이런 식이었어!"

위드는 대신전에 있는 건물의 잔해들을 전투에 이용해 먹었다.

초대형 흑곰이 뛰어다니다 보니 당연히 아무거나 대충 던져도 쉽게 맞힐 것 같지만 그렇지도 않다. 워낙에 빠르게 돌아다니는 데다가 크고 작은 탑의 잔해가 사방에 널려 있었기 때문이다.

건물들을 엄폐물과 장애물로 쓰면서 적들을 순차적으로 제거했다.

저주를 퍼부을 수 있는 사제들과 기사들의 상당수가 드래곤을 상대하고 있는 만큼 마음껏 활약을 하지 못한다는 부분은 큰 장점이 되었다.

이미 징벌의 사제와 참악의 사제들 중에서 상당수는 드래곤을 향한 세뇌의 신성 마법을 발휘하고 있어서 위드를 향한 공격은 불가능하였던 것이다.
　헤울러만은 계속 위드를 노렸다.
　"너희의 신은 엠비뉴에게 굴복하였다. 절대 저항하지 못하리라. 신성모독!"

> ─대사제 헤울러가 이 영역 전체에 대하여 신성모독을 선포했습니다.
> 신앙심에 따라 생명력과 마나에 타격을 받습니다.
> 생명력 4,394 감소!
> 신성모독에 저항하지 못했습니다.
> 신앙 스탯이 일시적으로 0으로 바뀝니다.
> 4분 동안 엠비뉴 교단의 사제를 제외한 다른 신의 성기사와 사제는 신성력을 발휘하는 데 제약이 뒤따릅니다.

　위드는 현재 신앙심이 거의 없어서 별다른 피해는 입지 않았다. 그렇지만 헤울러가 사용하는 기술들은 모조리 분통이 터졌다.
　"도대체 저런 놈과 어떻게 싸우라는 거야!"
　과거에 바드레이와 싸웠을 때가 떠올랐다.
　그때도 온갖 불리한 조건들은 다 안고 싸웠는데 지금은 더 막막할 정도로 심각하다.
　신성모독의 선포는 대규모 전쟁에서는 결정적이라고 할 수 있는 효과를 가졌다. 일반 사제들을 데려왔다고 하더라도 별 도움이 되지 않았을 것이 분명하다.

헤울러를 죽이려고 한다면 엠비뉴 교단의 엄청난 병력이 막을 것이고, 공격이 몇 번 성공하더라도 넘쳐 나는 자기네 편 사제들이 깨끗하게 치유해 줄 게 아닌가.

사회에 나가서 부잣집 아들과 경쟁하는 것처럼 불공평하기 짝이 없는 상황!

헤울러는 지팡이를 양손에 들고 땅을 몇 번 쿵쿵 찍었다. 그러고는 앞으로 쭉 내밀면서 외쳤다.

"엠비뉴께서는 모든 것들을 태워 버리라고 하셨다. 멸망의 불 소환!"

—멸망의 불이 소환되었습니다.
이 마법의 정체는 아직 완전히 밝혀져 있지 않습니다.
흑마법 중에서도 인간을 상대로 하는 최악의 공격 마법 중 하나로 분류되고 있으며, 어떠한 방식으로 마법력을 운용하는지는 비밀입니다.
막대한 생명력을 자양분 삼아서 지옥의 밑바닥, 살아 있는 자들의 생살을 태우는 끔찍한 불꽃을 불러오는 것이기 때문입니다.
멸망의 불은 스스로 불타면서 꺼지지 않습니다.
일정 반경을 돌아다니면서 소환자를 제외한 살아 있는 자들을 태우고 흡수하면서, 갈수록 뜨거워질 것입니다. 마침내 필요한 마력과 생명력을 채우고 나면 소환자에게 돌아가서 궁극의 화염 마법 중의 하나를 발동시킬 수 있는 원동력이 됩니다.

"무슨 적당히가 없구만."

아무리 엠비뉴 교단의 대사제라고 해도 전체 범위형 신성 마법을 어떻게 연속으로 계속 사용할 수 있단 말인가.

어마어마하게 큰 불덩어리가 공중에 서서히 형성되고 있

었다.

 직접 육체를 사용하는 전투 능력에 대해서는 아직 알 수 없지만, 신성 마법과 보호 마법에 있어서는 헤울러는 절대적인 수준이었다. 드래곤의 앞발이나 꼬리 휘두르기 같은 물리적인 공격도 보호 장벽을 펼쳐서 가뿐하게 막아 낼 정도였다.

 "하필 이렇게 중요한 때에 부하들이라고는 코빼기도 보이지 않는군. 쓸모없는 헤스티거라도 있으면 좋을 텐데."

 위드는 하늘로 오르는 탑의 붕괴로 쌓여 있는 엄청난 잔해들을 이용해서 위치를 이동했다.

 헤울러와 사제들, 엠비뉴 교단의 주력은 드래곤의 주변을 크게 벗어나지 못한다는 점을 이용. 저주 마법에 의해서 위드도 대신전을 떠날 수는 없지만, 더 깊이 안으로 들어가면서 적들을 유인했다.

 그사이 멸망의 불이 생성되어 드래곤을 노렸다. 위드보다는 그쪽이 더 가깝기 때문인 듯했다.

 "엠비뉴 신은 남자가 맞나? 뭐라고 꼭 말하기는 어려운, 그게 그렇게도 작다던데……."

 "저놈을 죽여라!"

 엠비뉴를 따르는 기사들이 괴물들을 이끌고 공격해 왔다.

 평소라면 그들은 상당히 무서운 존재다. 한껏 속도를 내면서 평지를 돌격하여 창을 던지고 검으로 찌르면서 적을 분쇄할 수 있기 때문.

질서 정연한 기사단의 돌격은 진형의 위력을 극대화시킨다. 수천 명에 이르는 상급 기사들은 몇십 만의 군대라고 해도 제멋대로 휘젓고 다닐 수 있으며, 평원에서는 어떤 몬스터도 포위하여 살육이 가능했다.

하지만 이곳은 탑의 잔해와 절반쯤 붕괴한 건물들로 인해서 포위망 구성이 불가능했다. 바닥도 엉망진창이라서 기사들은 말을 제대로 빠르게 몰 수가 없었다.

어설픈 돌격은 위드에게 잘 차려진 한정식!

-거듭된 공격으로 인해서 분노가 일어납니다.
힘이 크게 증가합니다.
맷집이 강화됩니다.
생명력의 최대치가 증가하며, 그만큼의 비율로 분노가 중단되기 전까지 생명력이 일시적으로 높아집니다.

분노 상태까지 일어났다.

위드는 엠비뉴의 기사들을 잡아다가 건물과 동료들을 향하여 내던져서 박살 냈다.

"크아아아아아!"

거대 곰의 포효!

이것이야말로 대형 생명체로서 만끽할 수 있는 절대의 쾌감!

-크롸롸롸롸롸라라라라라!

이에 응답하려는 것은 아니겠지만 아주 가까운 곳에서 땅과 건물의 잔해까지 뒤흔들리게 하는 더 엄청난 울음소리가 들렸다.

"으으음, 조용히 싸워야겠군."

드래곤이 있는 장소에서 고함이라니, 상당히 무안했다.

"전부 덤벼 봐라. 몽땅 아주 철저히 부숴 주마!"

위드는 그 무안함과 분노를 풀어내기 위해서 더욱 맹렬히 광신도와 기사를 주먹으로 쳐서 묵사발을 냈다.

아슬아슬하고 위태롭게 서 있는 건물들을 부수고, 바위를 던져서 기사들이 달려오는 길목을 막았다.

하늘에서 비행하는 괴물들도 있었다.

대신전의 곳곳에서 비행 괴물들이 등장하여 하늘로 날아오르고 있었다. 그들은 드래곤을 향해서도 많이 날아갔지만 위드를 향해서도 수십 마리 이상이 다가왔다.

위드는 비행 괴물이 다가오면 손으로 잡아서 땅으로 내던졌다. 그리고 작은 목소리로 포효!

"크아아아아!"

어릴 때는 괴수들이 날뛰는 영화가 그렇게도 좋았다.

사람들에게는 왠지 모르게 초대형 생명체에 대한 동경 같은 것이 있는지도 모른다. 현대 문명이 쌓아 올린 빌딩 숲에서 활약하는 킹콩 같은 무지막지한 생명체!

위드는 그런 생명체가 되어서 팔다리를 휘두르며 대신전을 무식하게 박살 내는 입장이었다.

악인들이 모여 있는 소굴에서 진짜 나쁜 놈이 되어 버린 기분!

"넘어가라!"

"말을 타고 뛰어넘는 것은 불가능합니다."

"말을 버리고 지나간다."

"저, 저 곰이 우릴 주시하고 있습니다. 커어억!"

지형 자체를 바꿀 수 있는 초대형 흑곰의 장점을 십분 활용! 땅을 주먹으로 내리치면 쩌억 갈라지고, 그 울림으로 기사들이 말에서 떨어졌다.

위드가 지나간 곳은 그 무게로 인해 땅에 깊은 구덩이가 파였다.

병력이 나오는 입구와 골목길을 아예 부숴서 적들의 진입을 어렵게 했다.

"가까이 다가가지 말고 창을 투척하라."

"원거리 공격 부대들을 불러라. 궁병들을 배치하라."

엠비뉴 교단에서는 병사들과 기사들을 대거 동원했다.

사제들은 거의 보이지 않았는데, 드래곤을 제압하느라 빠져 있는 듯한 모습이었다.

기사들이 지상 가득히 배치되고, 엠비뉴의 궁수들은 강화 마법을 걸고 건물과 잔해 위로 올라와서 위드를 향하여 쉴 새 없이 화살을 쐈다.

"지독하게도 쏴 대는군."

위드는 적들이 내던지는 창은 팔로 쳐 내고, 화살은 어쩔 수 없이 몸으로 맞았다.

-윤기가 좌르르 흐르는 털가죽의 방어 능력이 발휘됩니다.

"퀘액!"
"화, 화살이……."
"계속 공격한다! 엠비뉴의 뜻을 거스르는 자를 용서치 말라."

궁병들은 마구 화살을 쐈다.

워낙에 덩치가 크다 보니 대충 쏴도 잘 맞고, 피할 엄두도 내지 못한다. 하지만 빗나가서 반대편에 있는 아군을 맞히는 일도 비일비재했다.

위드의 두꺼운 가죽을 뚫지 못하고 튕겨 나간 창과 화살도 동료들을 살상했다.

"창을 던져라. 저 흉악한 괴물도 위대한 엠비뉴의 앞에서는 버티지 못하리라."

"사냥을 하자. 저놈의 고기는 우리가 실컷 맛볼 수 있을 것이다."

기사들은 계속 사기를 북돋우면서 격려를 했다.

안 그래도 광신도들은 충성도와 투지가 거의 떨어지지 않는데 기사들이 응원을 해 주니 더욱 열심히 덤벼들었다.

위드가 초대형 몬스터로서 갖는 힘과 체격에 의한 장점은

엄청났다. 수십 미터나 되는 팔은 휘두르는 것만으로도 훌륭한 원거리 집단 공격 무기가 되어 주는 것이다.

위드가 공격을 할 때마다 최하 열에서 많으면 서른 이상이 목숨을 잃었다.

주먹을 휘두르면 건물 같은 것은 그냥 다 부서지고, 기사들은 방패로 막아 내더라도 튕겨 나가서 동료들과 부딪치면서 한꺼번에 사망!

"과연 클수록 재밌어."

엄청난 파편들이 생겨날 정도의 최강의 공격력을 실컷 만끽할 수 있었다.

하지만 발 근처까지 와서 창과 검을 휘두르는 골치 아픈 기사들과, 상대적으로 높은 시야 때문에 작게 보이는 궁병들이 화살을 계속 쏘아 대는 것은 골치 아프다.

위드는 발길질과 주먹질을 잠시도 멈추지 않았다.

약간이라도 여유를 부리면 기사들이 털을 붙잡고 몸을 타고 올라와서 공격하려고 했기 때문이다. 그리고 궁수들의 공격도 지긋지긋할 정도로 끊이지 않았다.

바위를 던지고, 팔을 휘두르고, 발길질을 가해서 궁수들과 그들이 모여 있는 장소를 박살을 내더라도 다른 곳에서 또 공격을 가한다.

이곳은 엠비뉴의 대신전인 만큼 아무리 죽여도 적들은 계속 나타나고 있었던 것이다.

-생명력이 감소합니다.

-등에 꽂혀 있는 화살의 개수가 2,600개가 넘었습니다.
대단한 기록을 세우면서 맷집이 1 증가합니다.

-많은 부상으로 인해 생명력이 지속적으로 하락합니다.

"죽어라!"
"놈이 약해지고 있다!"

피해를 입는 만큼 위드도 적들을 무지막지하게 해치우고 있지만 상대편 병력은 줄어드는 기미가 보이지 않는다는 게 문제였다.

"쿠오오오오!"

초대형 흑곰으로 포효를 하면, 적을 공포에 질리게는 하지 못하더라도 주춤거리게 만드는 효과는 있었다.

조금도 지치지 않은 것처럼 으르렁거리고 가공할 힘으로 기사들을 두들겨 패고 던지고 있었지만, 속으로는 죽을 맛!

몸에 꽂혀 있는 화살들을 빼내고 치료를 할 수가 없으니 지속적으로 생명력을 조금씩 빼앗겼다.

몸이 크니까 공격당할 부위도 그만큼 많고 방어가 불가능하다. 안 그래도 많이 남아 있지 않은 생명력이 빠르게 감소했다.

게다가 엠비뉴의 대사제 헤울러는 영악하기까지 했다.

잃어도 상관없는 병력을 위드에게로 보내서 시간을 끌게 하면서 드래곤의 세뇌에 집중하고 있었다.

현재 진행되고 있을 드래곤의 세뇌가 끝나고 나면 지금 엠비뉴의 병력과 투닥거리는 것 따위는 아무 의미도 없을 것이 아닌가.

초거대 흑곰이라고 해도 드래곤 앞에서는 그냥 귀엽기 짝이 없는 곰 요리에 불과!

'이렇게 죽는 것도 대단한 영광… 아냐, 이런 식으로 길들여져서는 안 돼. 아직 본전도 찾지 못했어.'

그러나 끊임없이 튀어나오는 엠비뉴 교단의 고급 병력과 괴물들을 없애기 위한 적당한 방법이 없었다. 아무리 싸우고 또 싸워도 효과가 없는 것 같아서 사실상 막막했다.

'이놈들을 어떻게 상대해야 하지?'

위드의 시야에 저 멀리 있는 건물이 불타고 있는 것이 보였다. 하지만 내부에서 어떤 일이 벌어지는지에 대해서는 알지 못했다.

과거 노들레는 독을 이용했지만, 위드는 그러한 독이 존재한다는 사실 자체도 까맣게 모르고 있었다.

설혹 알게 된다고 하더라도 그 독은 이미 헤스티거에 의하여 말끔하게 타 버린 상황!

엠비뉴 교단의 병력을 언제 혼자서 전투로 다 해치울 수 있을 것인가.

하늘로 오르는 탑을 건설하면서 봤던 그 수많은 군대는, 어느 1~2명의 힘으로 제압한다는 것은 불가능에 가깝다.

하늘로 오르는 탑이 무너지면서 엠비뉴의 대신전에 막대한 타격을 가했다고 해도, 남아 있는 병력만 해도 엄청났다.

-크워어어어어어어어! 아프다! 제멋대로인 인간들, 나에게 고통을 주다니. 무모하구나. 종족 자체를 말살시켜 버릴 것이다. 머리가… 머리가 깨어질 것만 같다!

갑자기 드래곤의 비명이 들렸다.

절대 최강의 생명체인 드래곤이지만 지금은 고통스러운 신음 소리를 내고 있었다.

엠비뉴의 고위 사제들과 헤울러가 드래곤을 단단히 붙잡고 있는 모양!

위드와 마찬가지로 드래곤도 자신의 권능을 다 쓰지 못하는 이상 지금은 무지막지한 힘과 체력, 생명력을 가진 초대형 생명체에 불과하다.

물론 그것만으로도 보통은 엄청난 능력을 발휘할 수 있고 잘 죽지도 않는다. 하지만 엠비뉴 교단에서는 신성력으로 드래곤을 옭아매고 세뇌시킬 역량이 충분한 것이다.

"얼마 남지 않았다. 헤울러 님의 일이 끝나면 이 세상은 약간의 부스러기도 남지 않고 파멸하리라."

"드래곤을 거느릴 수 있다니 과연 우리 교단은 훌륭하군."

궁병들이 기뻐하면서 왁자지껄 떠드는 목소리가 위드의

귓가에 들려왔다.

 넓은 대신전의 건물들은 붕괴하면서 무너져 내리고 있었으며, 괴물들과 기사들이 내는 소리들도 상당하다. 하지만 뒷담화라면 그 어디서든 민감하게 들을 수 있는 천부적인 귀!

 '그렇단 말이지.'

 위드는 뒤돌아서 달리기 시작했다.

 대신전을 벗어나려는 것은 당연히 아니다. 그런 방식으로는 뭔가를 해 볼 수가 없었으니까.

 위드는 대신전의 잔해를 단숨에 높이 뛰어넘어서 드래곤에게로 향했다.

 사제들의 신성력에 의하여 형성된 붉은 줄기들이 수백 가닥씩 묶인 채 드래곤은 몸부림을 치며 고통스러워하고 있었다. 드래곤이 아무리 벗어나려고 해도 신성력의 붉은 기운들은 몸을 옥죄었다.

 그리고 헤울러와 징벌의 사제들은 드래곤을 향해 세뇌의 주문을 계속 외우는 중.

 가만히 놔두면 드래곤은 금방 엠비뉴를 향해 꼬리와 날개를 살랑거리는 애완동물이 되어 버리고 말리라.

 기사단이 그 주변을 수십 겹으로 에워싸고 있었다.

 위드를 향해 공격하던 극악의 기사들은 대신전에서 나온 병력의 일부에 불과하였다. 실제로 대신전의 주 병력은 드래곤을 향해서 출동한 상태!

영악한 헤울러는 드래곤을 붙잡고 나서 위드를 도망치지 못하도록 묶어 놓고 제물로 바치려는 생각을 하고 있었던 것이다.
 "적이 등장했다."
 "막아라!"
 엠비뉴의 기사들이 돌아섰지만, 위드는 땅을 쿵쾅거리면서 달려가는 것으로 그대로 돌파해 버렸다.
 위드의 몸과 발에 차인 기사들이 사방으로 나가떨어졌다.
 "아우솔레토!"
 ─누가… 나를 부르는가.
 드래곤이 커다란 눈을 끔벅이면서 위드를 쳐다보았다.
 빛쟁이처럼 강렬하던 눈빛은 썩은 동태눈처럼 변해 가고 있었다.
 엠비뉴 교단의 세뇌가 위력을 발휘하고 있다는 의미!
 정상적인 상태의 드래곤이라면 이렇게 쉽게 세뇌에 당하지는 않는다. 그러나 아우솔레토는 오랜 기간 엠비뉴 교단에 의해 세뇌 작업을 당해 왔기 때문에, 잠깐 동안 깨어나기는 했지만 다시 길들여져 가고 있는 것이리라.
 위드는 기사들을 돌파하고, 사제들의 공격 마법을 피하거나 맞아 가면서 앞으로 달렸다.
 "내가 너를 구해 주겠다!"
 ─너는… 누구지?

아우솔레토는 조금 전까지만 해도 위드를 향해 잡아먹을 듯이 으르렁거렸다. 그렇지만 그 사실은 순식간에 전부 잊어 버린 것처럼 물었다.

치매 드래곤이라서 다행인 상황!

"나는 네 친구다."

-친…구?

"지금 널 구해 주도록 하지."

위드는 아우솔레토 주변에서 세뇌와 속박의 주술을 외우고 있는 사제들을 발로 걷어찼다.

"안 돼!"

사제들이 비명을 질렀다.

엠비뉴 교단 입장에서는 다 차려 놓은 밥상이 뒤집어지는 상황!

드래곤을 묶고 있는 세뇌와 구속의 붉은 줄들이 절반쯤 걷혔다.

"방해하지 마라. 빙하의 숨결!"

대사제 헤울러가 손가락으로 가리키니 기온이 낮아지면서 위드의 주변에서 1초도 되지 않는 빠른 순간에 투명한 얼음 덩어리들이 생성되어 터졌다.

피할 수 없는 공격 방식!

-부서지는 빙하의 파편에 의해 충격을 받았습니다.
생명력이 36,212 감소합니다.
움직임이 느려지고 상처 부위가 얼어붙으면서 다 녹을 때까지 계속 추가적인 피해를 입습니다.

-부서지는 빙하의 파편에 의한 연속 공격에 적중되었습니다.
피해가 가중됩니다.

 빙하의 숨결은 열 번이나 연속으로 터지는 위력적인 마법 공격이었다. 덩치가 아주 작았다면 순간적인 반사 신경이나 주의를 통해서 피해를 줄였겠지만 지금의 몸으로는 불가능했다.
 고스란히 다 맞아 주는 수밖에 없었지만, 그래도 분노 상태 덕분에 버텨 낼 수가 있었다.

-이동속도, 움직임이 58% 느려집니다.

 다른 사제들도 신성 마법으로 공격을 했지만, 위드는 그런 공격쯤은 몸으로 맞아 주면서 드래곤을 얽매고 있는 세뇌와 구속의 붉은 줄들을 전부 풀어냈다.
 몇몇 개는 자신이 대신 맞아 주었다.

-엠비뉴를 따르게 하는 신앙의 굴레에 적중되었습니다!
영혼에 직접 충격을 입으면서 정신력이 감소합니다.
정신력이 완전히 줄어들게 되면 육체를 다스리는 의지를 상실하며 엠비뉴 교단에 종속된 노예가 될 것입니다.
현재의 정신력 상태 : 조금 어지러움(87/100).

위드로서는 생명을 건 모험으로 만신창이가 되었다.

사제들의 일제 마법 공격에 의해 남은 생명력도 고작 3만을 넘지 못하는 상태!

인간 조각사로서 활약을 하는 동안에는 이런 생명력으로도 활용을 잘했다.

워낙 전체 생명력이 낮아서 잠깐만 방심하면 금방 죽임을 당한다. 생명력 500이나 1,000도 알뜰하게 활용해 가면서 살아남았다.

그러나 지금은 덩치가 큰 만큼 더 많은 공격을 허용할 수밖에 없기에 비할 수 없이 훨씬 위험했다.

그럼에도 짓밟고 차 내면서 서두른 탓에 더 이상의 공격 없이 주변의 사제들을 치워 버리고 드래곤을 자유롭게 할 수 있었다.

아우솔레토의 눈동자가 자신과 거의 비슷한 크기인 위드에게로 향했다.

-친구…….

"그래, 친구다."

-친구라는 게 조금 어색한데.

"우린 둘도 없이 친한 사이였지. 네가 부끄러움이 많아서 그래."

순수한 우정을 나누는 감동적인 느낌은 눈곱만큼도 없었다.

드래곤과 초대형 흑곰!

위압감이 넘치는 두 거대 생명체들이 가까이에서 서 있는 것만으로도 엄청난 압박감을 주었다.

실제로는 막 속아 넘어가려는 치매 드래곤과, 사기를 치고 있는 흑곰이 있을 뿐!

위드와 드래곤을 향하여 엄청난 공격 마법들이 펼쳐졌다.

세뇌 작업을 하느라 잠시 동안 멈춰 있던 멸망의 불도 목표를 정하고 다시 날아왔다.

위드의 간당간당한 목숨 상태로는 직접 맞는다면 죽음 외에는 다른 길이 없었다. 아무리 레벨이 제법 높다고 해도, 수십 개 이상의 마법 공격들은 순식간에 생명력을 깎아 놓을 정도로 파괴력이 뛰어났으니까.

-공격이다. 막아라.

"아니야, 친구. 넌 할 수 있어. 보호막을 펼치면 되잖아."

-보호막?

"그래. 넌 보호 마법을 정말 잘 쓸 수 있거든. 그리고 지금은 좀 급하니까 빨리 쓰면 더 좋을 거야."

-어떻게 사용하는지 모른다.

"뼈와 심장에 넘쳐 나는 마나에 명령을 내려. 저것들을 막으라고."

-막아라.

그러자 드래곤의 몸만 가리는 얇은 보호막이 생성되었다.

"치사하게 이러기냐? 나도 숟가락 얹었는데 함께 지켜 줘야지. 당장 보호막을 최대한 펼쳐!"

- 전부 막아라.

위드와 드래곤을 감싸는 수십 개의 보호막들이 형성되었다.

콰과과과광!

멸망의 불이 부딪치고, 다른 공격 마법들이 마구 두들겼는데도 불구하고 가장 바깥쪽에 있는 2~3개의 보호막만이 허물어졌다.

과연 드래곤의 절대 마법 능력!

물론 아우솔레토가 드래곤 중에서도 특별히 강한 탓이기도 하고, 위급한 순간에 모든 마력을 다해서 보호막을 펼쳐 필요 이상으로 방어에 힘을 쏟은 것이기도 했다.

위드는 보호막이 유지되는 잠깐 동안 마음을 놓을 수 있었다.

세뇌와 속박으로 부상이 극심했던 아우솔레토의 몸은 다시 치유력이 발휘되면서 조금씩 나아졌다.

물론 탑의 붕괴와 위드와 부딪친 충격으로 인해서 생명력은 절반 이하였다.

위드나 드래곤이나 조금은 위험한 상태!

"친구, 나도 치료를 좀 해 주겠나?"

- 해 주고 싶지만 할 줄을 모른다. 어떻게 해야 하지?

"그러니까 이 사람, 아니 이 흑곰이 너한테 아주 중요한 분인 거야. 그래서 다친 부위를 치료를 해 줘야 된다고 생각해 봐. 그러다 보면 방법도 떠오르지 않을까?"

-그런 방법에 대해서는 모르겠다.

"역시 네가 그렇지. 그러니까 친구도 없지 않았겠냐. 못된 심보로 얼마나 할 일이 없었으면 세상이나 박살 내려고 하고."

-뭐라고?

"아니야, 아무것도."

지금은 제정신이 아니라서 위드를 잠시 동안 친구로 느낀다고 하지만 언제 아우솔레토가 다른 존재를 위해서 치료 마법을 써 봤겠는가.

독불장군으로 자기 혼자만 알면서 살아가는, 전형적인 친구 없는 드래곤!

다행인 것은, 세뇌 작업이 심하게 이루어져서인지 오만한 성격이 아까보다는 약간 순화되어 있었다.

"놈이 자유를 찾게 해서는 안 된다. 기사들은 공격하라!"

엠비뉴의 병력이 드래곤을 향하여 달려오기 시작했다.

사제들과 종교재판관들은 마법 공격을 했다.

그 막강한 공격들이 아우솔레토의 강력하기 짝이 없는 보호막에 의해 차단되면서 화려한 볼거리들이 만들어진다.

하지만 드래곤의 마나도 무한대는 아닌 법!

보호막들이 하나씩 거두어지고 나자 아우솔레토가 날뛰었다. 가까이 다가오는 적들을 앞발과 꼬리로 후려치고 주둥이

로 물어서 조금 맛을 음미하더니 꿀떡 삼켰다.

위드는 드래곤의 옆에 찰싹 달라붙어서 구경만 했다.

그를 진짜 친구로 여겨서인지, 아우솔레토는 아무런 제지도 가하지 않았다.

"그걸 먹냐?"

−배가 고팠다. 그래도 천박한 맛이군.

귀하게 자란 드래곤답게 음식 투정은 필수!

'자, 그러면 이제 어떻게 한다…….'

위드의 머릿속은 아무것도 깔려 있지 않은 최신형 컴퓨터처럼 빠르게 돌아갔다.

'이 드래곤이 강하기는 해도 전투 방식이 영 아닌데.'

아우솔레토의 능력은 명불허전!

꼬리 공격 하나에 건물이고 괴물이고 그냥 전부 부서져 버린다.

위드도 흑곰으로 변신한 이후로는 그렇게 할 수 있었지만, 파괴의 규모가 달랐다.

건물을 하나씩 부수는 것이 아니라, 다리나 꼬리에 걸리는 것들은 몽땅 부서진다. 기사들이 들고 있는 튼튼한 방패와 갑옷도 있으나 마나였다.

엠비뉴 신이 우리를 죽이니

기꺼이 이 한 몸을 희생하리

엠비뉴 신이 타락한 세계를 파괴하니
완전한 정화가 이루어지리라

 그렇게 박살이 나면서도 엠비뉴 교단의 병력은 부서진 잔해들을 밟으며 일개미처럼 꾸준히 전진해 왔다.
 -썩 꺼져라!
 드래곤이 고함을 지르면 수백 미터에 이르는 영역에 강력한 공기의 압축과 팽창이 일어나 병력이 밀려나며 화살들이 우수수 떨어진다. 비교적 나약한 광신도들은 괴로워하면서 알아서 죽어 갔다.
 뭐, 이 정도라고 해도 보통 상상할 수 있는 이상의 능력을 가진 몬스터로 충분히 대단하지만, 엠비뉴 교단의 반격도 우습게 볼 수가 없었다.
 고위 사제들이 세뇌를 위한 신성 마법을 다시 외웠다.
 아우솔레토가 계속 지금처럼 단순하게 육체밖에 활용하지 못한다면 붙잡히고 말 것이다.
 '그런데 세뇌를 당하지 않거나 엠비뉴 교단에 잡히지 않아도 큰일이야. 조금만 시간을 줘서 제정신을 완전히 차리고 과거를 떠올리고 나면 대륙의 평화가 위험하단 말이지.'
 맨정신이 된 아우솔레토는 그 자체로 공포의 존재다. 엠비뉴 교단 이상으로 위험천만할 뿐만 아니라, 독보적인 강함을 가졌다.

가장 위엄 있는 생명체인 드래곤으로서 지배력을 발휘하며 몬스터들을 조종한다면 금방 대륙을 짓밟을 수 있는 병력까지도 갖출 수 있을 게 아닌가.

자신의 능력을 최대로 발휘하는 역사상 최악의 드래곤은 정말 그보다 더 끔찍할 수도 없었다.

그리고 그렇게 제정신을 차린 드래곤이 바로 옆에 친한 척 붙어 있는 위드를 보며 할 수 있는 생각도 한 가지뿐이다.

'살점이 토실토실하게 올라 있는 맛있는 곰 고기네?'

위드에게도 무지막지한 위기!

드래곤에게 사냥을 당하는 신세가 되면 어떤 잔꾀를 부리더라도 희망이 없을 게 아닌가.

"그렇더라도 이미 호랑이한테 물려 가는 신세야."

-친구여, 무슨 말인가.

하늘에서 날아오는 괴조를 앞발로 붙잡고 먹어 치우던 드래곤 아우솔레토가 물었다.

아우솔레토는 위드를 유일하게 믿을 수 있는 친구로 여기기 때문인지 눈빛이 비교적 맑고 친근했다. 아마 돈을 투자해 주면 수십 배로 불려 주겠다는 친구의 말에 속아 넘어가는 선량한 사람들도 저런 눈빛을 했으리라.

"아무것도 아니야. 그보다도 배는 좀 채웠어?"

-조금… 그래도 아직 배가 고프다.

"몬스터들을 더 먹을 거야?"

―지금은 괜찮다. 한꺼번에 많이 먹진 않는다.

"음, 그렇다면 다행이고."

그사이에 아우솔레토가 잡아먹은 괴물만 100마리는 될 것이다.

드래곤의 머리가 이리저리 쉴 새 없이 움직이면서 괴물들을 냠냠 쩝쩝 해 버렸던 것.

위드는 여전히 드래곤에게 전투를 맡기고 옆에 붙어 있자니 심심했다. 마치 된장찌개에 된장이 없고, 김치찌개에 김치가 들어 있지 않은 것처럼!

약간씩 생명력을 회복하고는 있었지만 그걸로는 화끈함이 많이 모자랐다.

"이래서야 재미도 없고, 괴물 몇 마리 해치우는 것으로는 별 결과도 안 나오고 지루하기만 하지."

몸을 쓰며 싸우는 드래곤 옆에만 붙어 있는 것으로는 전황이 크게 달라지지 않는다는 점도 한몫을 했다.

"미친 짓이란, 자주는 아니더라도 가끔씩은 저지르라고 있는 거니까!"

위드는 드래곤 아우솔레토를 향해 속삭였다.

"날개를 펼쳐."

―무슨 소리냐?

"두 날개를 활짝 펼치고 하늘로 날아 봐. 너는 날 수 있어."

친구라고 믿기 때문인지 아우솔레토는 별다른 의심 없이

날개를 펼쳤다.

그동안은 몬스터들의 돌격을 물리치는 데에만 활용되었던 날개가 넓게 펼쳐졌다.

좌우로 수백 미터에 이르는 날개를 활짝 펼친 드래곤의 우아하면서도 완벽한 자태!

- 익숙한 느낌이다.

드래곤을 향해 사방에서 바람이 불어오기 시작했다.

아우솔레토가 머리를 높게 치켜들더니 상체를 세우고 가볍게 날갯짓을 했다. 그러자 몸이 땅에서 서서히 떠올랐다.

10미터, 20미터.

그리고 점점 가속도가 붙으면서 하늘로 날아오르는 드래곤!

자유로워지는 드래곤을 향해 엠비뉴 교단에서는 온갖 마법을 사용했지만, 전면을 가리는 공기 방패에 의해서 막혀 버렸다.

드래곤이 하늘을 지배하게 되면 그 무엇으로 막을 수 있겠는가!

"역시 쉽게 비행을 하는군."

위드도 땅을 박차고 뛰어올랐다.

내내 가만히 있던 그였지만 일단 움직이기 시작하니 지진이라도 난 것처럼 땅이 크게 울렸다.

위드는 드래곤의 발목을 잡고 몸을 회전시켜서 등에 올라

탔다.

　－무슨 건방진 짓이냐! 어리석은 피조물이 내 등 뒤에…….

　"난 친구라니까. 내가 나는 법도 알려 줬잖아. 벌써 잊었어?"

　－아, 그런가?

　쉽게 수긍하는 드래곤!

　뭐, 지금이야 온전한 정신이 아니다 보니 나름의 친밀도를 느끼고는 있었다. 언제까지 지속될는지는 아무도 알 수 없었지만!

　"더 높이 올라가 보자."

　－알았다.

　드래곤은 위드를 태우고 엠비뉴의 대신전이 까마득하게 보일 정도로 높은 곳까지 날아올랐다.

　와이번들과는 차원이 다른 속도였다.

　뜀박질을 하며 흥겨워하던 세 살배기 어린아이가 퀵 서비스 오토바이에 올라탄 듯 놀라운 속도!

　초대형 흑곰으로 변신해 있는 위드의 체중이 만만치가 않을 테지만 드래곤은 그런 무게의 부담 따위는 전혀 상관이 없는 것처럼 무섭게 날았다.

　드래곤의 목을 필사적으로 꽉 붙잡지 않으면 땅으로 곤두박질을 치며 떨어질 정도였다.

　－높이 올라왔다.

"음, 그렇군."

땅을 내려다봤지만 지상의 대신전이 아예 거의 보이지 않을 정도의 높이였다. 그 흔적을 알고 있기에 어디라는 것을 가늠할 수 있지, 아예 몰랐다면 찾기도 힘들 정도의 고도.

바람은 얼음을 머금고 있는 것처럼 차가웠다.

위드의 저항력이 높지 않았다면 그대로 얼어붙어서 죽었을 수도 있으리라.

고급스러운 광택이 흐르는 블랙 드래곤의 비늘에도 옅은 서리가 어려서 반짝였는데, 그 모습조차도 환상적일 만큼 아름다웠다. 조화와 균형, 절대적인 비례미란 이런 것이라고 느껴질 정도였다.

물론 그 아름다운 드래곤의 등에 매달린, 거듭된 전투로 인해서 털가죽이 좀 찢어지고 땅에 처박히고 뒹굴어서 먼지투성이가 된 거대 흑곰은 전혀 어울리지 않았지만.

-이젠 뭘 하지?

"뭘 하긴. 복수를 해야지."

-복수… 저 무의미한 생을 살아가다가 종국에는 자멸의 길을 선택하는 인간들을 향해서 말인가?

드래곤은 말을 하면서도 기분이 좋아진 듯이 코를 실룩였다. 아무리 치매에 걸렸다고 해도 원래 아우솔레토의 성격이 어디 간 건 아니었다.

"바로 그거야."

-반가운 말이군. 그렇다면 땅으로 다시 내려가겠다.
　"참, 그 전에 말이야, 한 가지 연습해 둘 것이 있는데."
　-무엇이냐?
　"숨 좀 크게 들이마셔 봐. 있는 힘껏."
　아우솔레토는 선생님 말이 진리인 줄 아는 유치원생들처럼 시키는 대로 했다.
　주둥이를 벌리면서 입과 코로 함께 숨을 깊이 들이마신다. 공기를 머금은 드래곤의 상체가 잔뜩 부풀어 올랐다.
　이것이야말로 드래곤이 가진 최악 최강의 공격 무기.
　블랙 드래곤의 브레스였다.
　-이렇게 하면 되는 것인가?
　"연습은 충분해. 그럼 땅으로 내려가 보자. 자라나는 어린 이들한테 사기의 위대함… 아니, 정의가 승리한다는 걸 보여 줘야지."

　　　　　　　　　　　　　　　　　　　TO BE CONTINUED

만렙닥터 리턴즈

13월생 현대 판타지 장편소설

인생 2회 차 경력직 신입
칼솜씨도, 인성도 '만렙'인 의사가 돌아왔다!

만성 인력난에 시달리는 흉부외과에 들어온 인턴
메스도 잡아 본 적 없는 주제에
죽을 생명을 여럿 살려 내기 시작한다?

"이 새끼, 꼴통 맞네."
"죄송합니다."
"잘했어!
"네?"

출세만을 좇으며 살았던 전생
이렇게 된 이상 인생도 재수술 한번 가자!

무대뽀(?) 정신으로 무장한 회귀 의사
이제부터 모든 상황은 내가 집도한다!